Heike Wendler
Weihnachten für die Katz

HEIKE WENDLER

Weihnachten für die Katz

Miezi rettet das Christfest

benno

Bibliografische Information der Deutschen Nationalbibliothek
Die Deutsche Nationalbibliothek verzeichnet diese Publikation in der Deutschen Nationalbibliografie; detaillierte bibliografische Daten sind im Internet über http://dnb.n-db.de abrufbar.

Besuchen Sie uns im Internet:
www.st-benno.de

Bildnachweis:
Titelbild: © cs333/Fotolia.de
Paginierung: ©.m.i.g.u.e.l./Fotolia.de
Katzen: © Nadine/Fotolia.de

ISBN 978-3-7462-3194-5

Stammerstr. 11
04159 Leipzig
Umschlaggestaltung: Ulrike Vetter, Leipzig
Gesamtherstellung: Kontext, Lemsel (A)

Rettung in letzter Sekunde

Es war ein ganz normaler Dienstagvormittag, als ich vom Herumstromern zurück zu unserem Haus tigerte. Es war eigentlich eine Ruine und deshalb von Menschen unbewohnt. Fasziniert beobachtete ich die vielen bunten Blätter; sah ihnen zu, wie sie vom Wind aufgewirbelt durch die Luft flatterten. Es war November und der allererste Herbst meines bisherigen Katzenlebens! Vielleicht war ich deshalb ein wenig später dran als sonst. Vielleicht hatte ich – weil das Herumtollen in den Laubhaufen so viel Spaß machte – mein Hungergefühl und alles um mich herum vergessen. Vielleicht war es aber auch eine Laune des Schicksals, der Wille einer höheren Macht oder schlichtweg Zufall. Noch ganz mitgenommen von den vielen herbstlichen Eindrücken, trottete ich die schmale Kopfsteinpflasterstraße entlang, als sich mir plötzlich sämtliche Nackenhaare aufstellten. Vermutlich sah ich in diesem Moment wie eine weiße Fellkugel aus. Ich drückte mich in die Nische eines Kellerfensters und sah mich um, konnte aber keinen Grund für dieses nicht greifbare Gefühl von Angst und Bedrohung entdecken. Nieselregen setzte ein, und das gab den Ausschlag. Ich hasste es, ein nasses Fell zu bekommen! Dann hörte ich sie auch schon: Menschen mit Fangnetzen jagten Kasimir, meinen Cousin. Mit zitternden Barthaaren duckte ich mich und beobachtete mit angsterfülltem Herzen, wie sie ihn einfingen. Unsere Blicke begegneten sich kurz.

„Lauf!“, rief er mir zu. „Lauf um dein Leben! Sie fangen uns ein und bringen uns ins Tierheim! Lauf, was du kannst!“
Mir entfuhr ein Fauchen. Einer der Männer hatte es wohl gehört, denn er drehte sich zu mir um.
„Da ist noch eine!“, rief er seinem Kollegen zu und kam bedrohlich näher. Ich war vor Schreck wie versteinert! Hörte Kasimir verzweifelt miauen, die Schritte des Mannes auf dem harten Boden widerhallen.
„Lauf, um Himmels willen, so lauf doch!“, feuerte mich Kasimir an, den sie gerade in eine grüne Plastikbox steckten. Das Zuschlagen der Tür riss mich aus meiner Starre. Ich machte einen Satz und sauste davon. Keine Sekunde zu früh, denn der Mann mit dem Fangnetz war nur noch wenige Schritte von mir entfernt.
„Jetzt haut die auch noch ab!“, hörte ich ihn fluchen, dann setzte ich zum Spurt an. Ich flitzte die schmale Kopfsteinpflasterstraße zurück Richtung Altstadt. Ich versuchte krampfhaft den Herbstblättern auszuweichen, denn vom Regen waren sie schmierig geworden und verwandelten die Straße schnell in eine Rutschbahn. Ich rannte immer weiter, im Slalom durch die Beine der Passanten, kreuz und quer über Radwege und huschte unter Autos hinweg. Dabei musste ich höllisch aufpassen, um nicht unter die Räder zu kommen. Und es war nur eine Frage der Zeit, bis meine Kräfte nachlassen würden. Katzen sind Sprinter, keine Marathonläufer. Ich spürte, dieses Tempo würde ich nicht mehr lange durchhalten. Ich brauchte ein Versteck, und zwar schnell.

Mit dem Mut der Verzweiflung sprang ich zwischen einem Einkaufstrolley und dessen Fahrerin hindurch, flitzte über die Straße wie ein geölter Blitz, schlug unmittelbar hintereinander zwei Haken und rannte in eine schmale Gasse. Jetzt war ich definitiv mit meinen Kräften am Ende. Da sah ich ihn: Ein LKW mit einladend offenstehender Ladeklappe. Das war meine Rettung! Ich duckte mich, setzte zum Sprung an und landete sicher im Innern des Wagens. Erst jetzt spähte ich vorsichtig nach links und rechts, doch weit und breit war kein Mensch zu sehen. Niemand, der zu diesem Wagen gehörte, aber auch mein Verfolger nicht. Ich war am Ende. Noch nie war ich so weit und so schnell gerannt, ich hätte buchstäblich im Stehen einschlafen können, wenn ich es gemusst hätte, doch zum Glück fand ich hinter ein paar Kisten ein gemütliches Plätzchen. Jemand hatte ein graues Stück Stoff liegen lassen, darauf machte ich es mir gemütlich. Und schneller, als mir lieb war, schlummerte ich ein.

Es war laut um mich herum, als ich wieder aufwachte. Und es roch seltsam. Außerdem knurrte mein Magen. Ich spähte vorsichtig hinter den Kartons hervor und sah: noch mehr Kartons! Es war eng in meinem Versteck. Ich wagte mich vorsichtig hervor. Rechts stapelten sich Kartons bis unters Dach, links verstellten mir Tische und Schränke die Sicht. Sie ließen nur einen schmalen Gang frei, in dem noch ein paar Topfpflanzen Platz gefunden hatten. Ich schlängelte mich hindurch, dem einfallenden Tageslicht entgegen. Aus dem

Halbdunkel des Wagens blinzelte ich hinaus ins Freie. Als ich niemanden sah, sprang ich mit einem beherzten Satz nach draußen.
Der Schock hätte gar nicht größer sein können. Meine Pfoten landeten nicht auf dem gewohnten und vertrauten Kopfsteinpflaster, sondern auf einem Kiesweg. Und überhaupt, wo war meine Stadt? Da war zwar ein Haus, aber nur eins weit und breit. Ich starrte eine Weile nach rechts und erkannte tatsächlich noch ein zweites, aber das war weit entfernt. Das Haus, vor dem ich auf den Kiesweg gesprungen war, lag inmitten eines Gartens. Vögel zwitscherten; sonst war es ruhig hier. Kein Hupen, keine Passanten, kein Verkehrslärm. Wo um alles in der Welt war ich hier gelandet?
„Pass auf, Kätzchen, dass du nicht umgerannt wirst!"
Erschrocken machte ich dem freundlichen Mann mit seinen Kisten auf dem Arm Platz. Er hatte kein Fangnetz, stellte ich erleichtert fest, also war ich wohl meinen Häschern entkommen. Neugierig sah ich mich um: Sträucher, Blumenbeete, ein Gartenzaun; doch weit und breit keine Maus oder sonst etwas Essbares. Dabei knurrte mein Magen schon wieder. Da sich bereits der nächste Mensch näherte, machte ich einen Satz beiseite und stand unvermittelt vor der offenen Haustür. Vielleicht sollte ich einfach hineingehen, überlegte ich.
„Na, Miezchen, du stehst hier aber im Weg rum. Husch, husch, rein mit dir!"
Die Stimme kam von einem weißhaarigen Mann, der, nachdem er mich zur Tür hineingescheucht hatte, Richtung Lieferwagen eilte. Vorsichtig setzte ich eine Pfote

vor die andere und mit jedem Schritt wurde es angenehm wärmer. Kälte mochte ich, wie sicher alle Katzen, nicht besonders gern, und je weiter ich mich ins Haus hineintraute, desto kuscheliger wurde es. Ich versuchte, mich zu orientieren. Auch wenn ich noch nie in einem bewohnten Haus gewesen war, so hatte ich es mir irgendwie nicht vorgestellt. Das Innere des Hauses wirkte nämlich reichlich chaotisch. Sah es in allen Häusern so aus? Kisten über Kisten stapelten sich bereits im Flur, dazu einzelne Gegenstände, die eher wie zufällig zwischengeparkt als liebevoll arrangiert wirkten. Es war mir schleierhaft, wie die großgewachsenen Zweibeiner in dieser Enge wohnen konnten.

„Reg dich nicht auf, Schatz, dass der Umzug chaotisch wird, war klar!“, hörte ich eine weitere unbekannte Männerstimme liebevoll auf jemanden einreden. „Wir schaffen das, Manuela, du darfst dich nur nicht übernehmen, ja? Versprich mir, dass du keine Kisten mehr anhebst und dich auch beim Auspacken zurückhältst!“

Ich hörte jemanden seufzen. „Schon gut, Andreas, ich reiß mich ja zusammen! Doch sorge bitte dafür, dass diese Möbelpacker endlich fertig werden!“

Die Frauenstimme klang reichlich genervt. Ich machte, dass ich wegkam, und beschloss, erst einmal die Treppe nach oben zu nehmen. Dort war es schon wesentlich aufgeräumter. Ich schlängelte mich durch eine angelehnte Tür und erspähte ein Sofa! Mit Kissen und nett drapierter Decke – ich war entzückt. Mit einem Satz eroberte ich meine Neuentdeckung und schreckte im nächsten Moment zusammen.

„Aber hallo! Wer bist du denn?“, rief eine durchdringende Stimme. Dann folgte eine Art hohles Schnalzen und ein schriller Pfiff. Ich wagte kaum, meinen Kopf in die Richtung zu drehen, aus der die Stimme kam.
„Habe ich dich erschreckt?“, wollte die seltsame Stimme wissen. Sie klang schon leiser, weniger bedrohlich, also riskierte ich einen Blick und war erstaunt. Die Stimme gehörte zu einem großen grauen Vogel, der in der Mitte des Raumes auf einer Stange saß. Er hatte einen hellroten Schwanz und musterte mich mit schwarzen Knopfaugen, wobei er den Kopf von einer Seite zur anderen drehte.
„Hallo“, grüßte ich mit schwacher Stimme zurück. Der Vogel war furchteinflößend groß.
„Keine Angst“, sagte er, als hätte er meine Gedanken gelesen. „Ich bin zahm. Mein Name ist Otto. Und wer bist du?“
„Ich?“, murmelte ich. „Ich bin Miezi“, stellte ich mich schüchtern vor. Otto beäugte mich neugierig.
„Bist du ein Papagei?“, fragte ich, weil mir nichts Besseres einfiel.
„Ein Kongo-Graupapagei“, erklärte Otto stolz. „Psittacus erithacus erithacus auf Latein. Und du gehörst wohl zu dem Teil der Familie, der da unten gerade mit dem ganzen Getöse einzieht“, setzte er hinzu.
Ich schüttelte meinen Kopf. „Nein, ich bin irgendwie versehentlich hier gelandet.“
Otto schaute mich irritiert an.
„Versehentlich? Das musst du erklären!“

Ich schluckte, entschloss mich dann allerdings, ihm meine Geschichte zu erzählen. Als ich fertig war, sah Otto mich mitleidig an.
„Tierheim!“, murmelte er. „Tierheim klingt fürchterlich. Ich kenne das!“
Nun war ich es, die ihn entsetzt anstarrte.
„Oh nein, nicht was du denkst. Ich war nie dort. Zum Glück. Aber ich habe grauenhafte Dinge davon gehört, von Käfighaltung, Streit ums tägliche Futter. Als mein erster Mensch starb, wollte mich zunächst niemand, und ich hörte sie reden, vom Tierheim …“
Er plusterte sein Gefieder auf und schüttelte sich. „Doch dann hat mich Professor Herlinghausen mit nach Hause genommen. Wie du siehst.“
„So ein Glück!“, sagte ich, weil mir nichts Besseres einfiel. Und gleichzeitig begriff ich mit einem Anflug von Neid, dass es genau das war.
„Ein Glück, ja. Ich kann mich frei im Haus bewegen. In einen Käfig gehe ich nur, wenn ich zum Tierarzt muss.“
„Du hast ein schönes Leben“, stellte ich fest.
„Oh ja,“ bestätigte Otto. „Nachdem der Professor also beschlossen hatte, dass ich bei ihm leben sollte, hat er sich intensiv über artgerechte Haltung erkundigt. Und daran hält er sich. Mein Futter ist überall im Zimmer verteilt und versteckt, sodass ich es suchen muss. Wie in der Natur. Obwohl ich nie in Freiheit gelebt habe, ist es ihm wichtig, dass ich hier nichts vermisse!“
„Das muss wirklich ein netter Mensch sein, dieser Professor“, sagte ich voller Respekt. Otto hatte es wirklich gut erwischt. Im Gegensatz zu mir.

„Oh ja. Ihm gehört das Haus, zumindest zur Hälfte."
„Und wem gehört die andere Hälfte?", fragte ich neugierig. Dass Häuser jemandem nur zur Hälfte gehören konnten, hörte ich zum ersten Mal. Was sollte man schließlich auch mit nur einer Hälfte machen? Aber vielleicht verstanden das wirklich nur Menschen.
Otto plusterte sich erneut auf. „Also das ist so", begann er zu erklären. „Der Professor hatte mal eine Schwester und den beiden zusammen gehörte dieses Haus, das vorher den Eltern der beiden gehört hat. Aber die Schwester ist schon vor einigen Jahren gestorben, ich habe sie nie gesehen, nur von ihr gehört. Sie hatte aber eine Tochter: Manuela. Die hat die andere Hälfte des Hauses geerbt. Und die zieht nun mit ihrem Mann und ihren beiden Kindern hier ein. Weil sie noch ein Baby bekommt und ihr das Haus irgendwann ohnehin einmal ganz gehören wird. Wozu also viel Geld für eine größere Wohnung zum Fenster rausschmeißen!", setzte er altklug hinzu.
„Woher weißt du denn das alles?", fragte ich ehrfürchtig. „Hat dir das der Professor erzählt?"
Otto kicherte. „Nein, natürlich nicht. Er spricht zwar mit mir, aber doch nicht über so etwas Banales wie Alltagskram. Nein, er hat es Angelika Sperber erzählt, unserer Nachbarin!"
Klar, dachte ich, Otto schnappte eben alles auf, was hier im Haus passierte. Mein Magen knurrte weiter unerbittlich. Mir kam es vor, als sei es Tage her, dass ich zuletzt etwas gefuttert hatte. Dabei waren vermutlich nur Stunden vergangen; höchstens ein halber Tag.

Sehr weit außerhalb der Stadt konnte ich also nicht sein. Trotzdem hätte ich genauso gut am anderen Ende der Welt sein können. Ich würde nie von allein zurückfinden. Aber vielleicht konnte ich wieder mit dem Wagen zurückfahren? Draußen heulte im gleichen Moment ein Motor schwer auf.
„Der Möbelwagen fährt ab!“, kommentierte Otto das Geschehen, während ich schwer schluckte. Eine Möglichkeit weniger.
„Was soll ich denn nur machen, Otto?“, flüsterte ich den Tränen nah. „Hierbleiben?“
„Warum nicht?“, gab Otto unumwunden zurück. „Bei dem Chaos hier fällt das gar nicht auf. Und glaub mir, das Tierheim ist keine Alternative, auch wenn man deine Verwandtschaft dorthin gebracht hat. Außerdem ist ja nicht mal gesagt, dass du in das gleiche Tierheim gesteckt wirst, davon gibt es in Städten ja meist mehrere! Finde dich damit ab, Miezi, dass du deine Familie nicht mehr wiedersehen wirst.“
Jetzt war ich wirklich verzweifelt. An meine leibliche Mutter konnte ich mich nur noch schwach erinnern. Sie war eines Tages, als ich noch ein sehr junges Kätzchen war, verschwunden. Danach hatte mich meine Tante wie ihr eigenes Junges versorgt. Sie war mir ans Herz gewachsen, sie und meine Cousins waren die einzige Familie, die ich kannte. Nun war ich ganz allein irgendwo in der Fremde. Und der Einzige, der mir helfen konnte, war ein vorlauter Papagei.
„Kopf hoch, kleine Miezi, das wird wieder!“ Otto flatterte aufgeregt mit den Flügeln. Meine Traurigkeit be-

kümmerte ihn sichtlich. „Du bist nicht allein, ich bin doch auch noch da. So schlecht ist es gar nicht, in der Obhut von Menschen zu leben. Ich kenne nichts anderes und war immer hoch zufrieden damit. Es wird dir gefallen, da bin ich sicher. Nie mehr frieren, nie mehr hungern." Wie zur Bestätigung knurrte mein Magen wieder.
„Wir lassen uns was einfallen, und ich helfe dir!", versprach Otto.
„Ich habe solchen Hunger!", flüsterte ich.
„Ich würde dir ja gerne was anbieten", sagte Otto. „Aber ich glaube, meine Körner und Früchte sind nicht das geeignete Futter für dich. Aber geh doch mal runter in die Küche. Mit etwas Glück solltest du da etwas zu futtern finden."
Das klang nach einer guten Idee, und ich machte mich, ermutigt von Otto, auf die Pfoten. Inzwischen hatte jemand die Haustür geschlossen und zwei Männer waren dabei, die Kisten in verschiedene Zimmer zu tragen. Am Ende des Flurs erspähte ich eine angelehnte Tür. Ich schlängelte mich schnell dorthin und huschte hindurch. Ja, richtig, hier roch es nach Essen, das musste die Küche sein.
Am Tisch saß eine Frau und hantierte versonnen mit Brot, Butter und Wurst. Hungrig leckte ich mir das Schnäuzchen und machte ganz unüberlegt einen Satz auf die Eckbank.
„Na Süße, hast du auch Hunger?", fragte die Frau und lächelte verständnisvoll. Sie hatte halblanges, dunkles Haar, das sich in Locken um ihr herzförmiges und leicht gerötetes Gesicht ringelte. Ihre wasserblauen Augen

schauten mich freundlich und zugleich aufmunternd an. Und ein bisschen fragend. Ich hätte ihr ja gern geantwortet, aber erfahrungsgemäß verstanden die Menschen unsere Sprache nicht, selbst wenn es umgedreht anders war, also miaute ich nur.
Draußen im Flur war plötzlich ein Krachen und Knallen zu hören. Irgendetwas musste zu Bruch gegangen sein, und jemand fluchte lautstark. Die gleiche Stimme, die vorhin so nett auf jemanden eingeredet hatte, erkannte ich, nur dass sie jetzt sehr wütend klang. Ich besah mir meine Gastgeberin genauer. Ja, sie war es wohl, mit der er geredet hatte. Und sie musste demzufolge Manuela sein. Ihr dicker Bauch ließ auf Nachwuchs schließen, und das hatte mir Otto ja erklärt. Manuela schien der Lärm draußen jedoch nicht zu stören, zumindest ließ sie sich nichts anmerken. Sie riss ein Stück Zeitungspapier ab, platzierte ein großzügig bemessenes Stück Wurst darauf und gab es mir. Ich konnte mich nicht mehr beherrschen und fiel ausgehungert darüber her. Es schmeckte herrlich! Während ich noch schleckte und genoss, war Manuela aufgestanden und begann in den Schränken zu wühlen.
„Wo ist denn dein Katzenfutter?“, fragte sie in meine Richtung. „Ich kenne mich doch hier noch nicht aus! Kannst du es mir zeigen?“
Ich musste passen und sah wohl in dem Moment genauso ratlos aus wie sie.
„Also, hier wird sich einiges ändern müssen.“ Sie schüttelte fassungslos den Kopf. „Man findet ja rein gar nichts in dieser Küche. Männer!“

Wie auf ein Stichwort erschien ein zerzaustes, etwas verwirrt dreinschauendes Exemplar der Gattung in der Küche. Der besorgte Ehemann, schlussfolgerte ich sofort, da er Manuela entschlossen einen Stapel Teller abnahm, die sie gerade aus dem Schrank geholt hatte.
„Du sollst hier nichts räumen!“, erklärte er ihr bestimmt. „Und schon gar nichts aus den Schränken heraus!“
„Andreas, du musst unbedingt Katzenfutter besorgen, wenn du nachher in die Stadt fährst“, ordnete Manuela an, ohne sich groß um seine Besorgnis zu kümmern. „Ich kann nämlich nirgendwo welches finden. Überhaupt, ich verstehe gar nicht, dass Onkel Ernst mir nichts von seiner Katze erzählt hat! Den komischen Vogel hat er in jedem Satz drei Mal erwähnt, aber die süße Kleine hier, die hat er doch glatt unterschlagen!“
Manuela strich mir liebevoll über den Kopf und auch Andreas ließ sich nun dazu herab, mich zu streicheln. Ich schloss meine Augen und schnurrte selig. So fühlte es sich also an, wenn man willkommen war? Oh, es war einfach zu schön! Und viel zu schnell vorbei.
„Er wird's vergessen haben!“, mutmaßte Andreas. „Katzen sind ja auf dem Land völlig normal. Papageien eben nicht, vielleicht deshalb. Und an das Futter denke ich auch noch!“, versprach er. „Aber nur, wenn du dich schonst!“
Manuela verdrehte die Augen, nickte aber zustimmend.
„Er ist einfach nur besorgt. Von früh bis spät. Dabei haben wir schon zwei Kinder! Es ist jedes Mal das Gleiche!“, erklärte sie mir, als Andreas gegangen war.

Am liebsten wäre ich auf ihren Schoß gesprungen und hätte mich von ihr weiter streicheln lassen. Sie war bestimmt sehr liebevoll, so wie sie sich gerade über ihren gerundeten Bauch strich. Und sie schien sich auf ihr Baby zu freuen. War ich hier bei einer großen, glücklichen Familie gelandet? So einer, wie sie in Katzenkreisen immer als Inbegriff von Heimat und Glückseligkeit beschrieben wurde? Sollte ich tatsächlich so ein Glück haben? Noch wagte ich nicht daran zu glauben. Plötzlich wurde die Tür aufgerissen und die sentimentale Stimmung war mit einem Schlag vorbei.
„Mama, Mama, die Laura hat sich in ihrem Zimmer eingeschlossen und lässt mich nicht hinein!“, plärrte ein kleiner Steppke, vielleicht sechs oder sieben Jahre alt. Doch selbst von seinem Geschrei ließ sich Manuela nicht aus der Ruhe bringen.
„Lass Laura vorläufig in Ruhe, Jonas!“, befahl sie stattdessen und klopfte auf den Platz neben sich, was Jonas auch prompt als Aufforderung verstand und sich zu seiner Mama setzte. „Magst du Kuchen?“
Der Junge nickte und stürzte sich mit Begeisterung auf den Teller, den Manuela ihm hinschob.
„Oh, Onkel Ernst hat auch eine Katze!“, freute er sich und nahm sofort mit mir Kontakt auf. Etwas ungestüm streichelte er mich mit seinen klebrigen Fingern und hielt mir als Freundschaftsbeweis auch gleich etwas von seinem Kuchen vors Maul. Im gleichen Moment stürmte ein Mädchen in die Küche, größer als der Junge, im Teenageralter und sichtlich schlecht gelaunt.

„Mama, der Computer funktioniert nicht!", ärgerte sie sich.
„Reg dich nicht auf, Laura, wir sind noch nicht mal fertig eingezogen. Räum lieber deine Kartons aus oder setz dich und iss Kuchen!" Manuela blieb erstaunlich gelassen.
„Laura hat fast immer schlechte Laune!", flüsterte mir Jonas ins Ohr und streichelte mich erneut mit seinen Klebefingern. Ich ließ ihn gewähren, putzen konnte ich mich später immer noch, jetzt galt es, die Ohren aufzusperren. „Die wollte nicht hierherziehen und nun ist sie sauer. Aber mach dir nichts draus!", erklärte er mir weiter.
„Ich brauche aber den Computer und keinen Kuchen!", fauchte sie und verschwand ebenso schnell, wie sie gekommen war.
„Teenager!", murmelte Manuela versonnen und strich sich über den Bauch. „Gut, dass wir das alles noch mindestens zweimal durchmachen, nicht wahr?" Sie warf mir einen verschmitzten Blick zu und gönnte sich noch ein Stück Kuchen.
„Vielleicht hat Onkel Ernst auch noch einen Hund!", mutmaßte Jonas leise.
„Das habe ich gehört!", meldete sich Manuela. „Aber ich glaube kaum, dass er einen Hund hat, Jonas, du solltest gar nicht darauf hoffen!"
„Aber dass er eine Katze hat, hast du auch nicht gewusst, oder?"
Der Junge blieb beharrlich, wie ich feststellte, und mein Gefühl sagte mir, dass das gar nicht gut war. Nicht nur,

dass mir Hunde nicht geheuer waren, nein, wenn er nur lange genug fragte, saß ich schneller wieder auf der Straße, als mir lieb war. Oder landete doch noch im Tierheim. Ich machte einen Satz von der Eckbank und schlängelte mich so schnell wie möglich wieder nach oben. Doch Otto war nicht mehr allein. Der grauhaarige Herr musste sein Professor sein.
„Miezi, Miezi!“, begrüßte mich Otto und flatterte aufgeregt mit seinen Flügeln.
„Ah, ihr habt schon Freundschaft geschlossen!“, schlussfolgerte der Professor und lächelte milde. „Tja, tut mir leid, mein Freund“, sagte er entschuldigend zu Otto, „aber dass sie eine Katze mitbringen, haben sie in der Aufregung wohl vergessen mir zu sagen.“
Ich legte lediglich meinen Kopf schief, was die meisten Menschen als besonders niedlich empfinden. Es wirkte auch beim Professor.
„Na, du bist aber auch wirklich eine Süße. Und Miezi ist dein Name?“
Ich schnurrte zur Bestätigung.
„Miezi, Miezi!“, krähte Otto.
„Ich habe es ja verstanden!“, lachte der Professor und beugte sich dann zu mir herab.
„Aber nicht, dass du meinem besten Freund verspeist, verstanden?“
Ich maunzte, dass ich das ganz bestimmt niemals tun würde. Dabei dachte ich, dass eher Otto mir mit seinem großen Schnabel etwas tun könnte, als dass ich ihm gefährlich werden konnte. Der Professor, sicher nicht der Tiersprache mächtig, verstand.

„Dann bin ich ja beruhigt, Miezi. Ihr werdet sicher gute Freunde. Na dann, herzlich willkommen, Miezi, fühl dich wie zu Hause!"
Dann drehte er sich um und verschwand in einem Nebenraum. „Sein Arbeitszimmer!", erklärte mir Otto beiläufig. Unten im Flur hörte ich erneut lautes Poltern. Anscheinend kam Andreas zurück.
„Ah, das Katzenfutter!", rief Manuela erfreut. „Onkel Ernst? Onkel Ernst? Wo soll das denn hin?" Manuela rief zwar laut genug, doch der Professor wollte oder konnte sie nicht hören.
„Da drin versinkt er in seiner eigenen Welt!", stellte Otto fest und wiegte amüsiert seinen Kopf hin und her. „Das werden sie auch noch merken."
Ich ließ mich neben dem Sofa nieder. Erschöpft und einigermaßen durcheinander. Otto gab sich Mühe, mich wieder aufzubauen. „Na bitte, hat doch geklappt!", machte er mir Mut. „Der Professor glaubt, dass du mit Manuela und ihrer Familie eingezogen bist!"
„Ja, und die denkt, ich würde schon hier wohnen!", flüsterte ich und starrte Otto entsetzt an. „Was mache ich denn nun?"
„Machen?" Otto schüttelte den Kopf. „Gar nichts, das ist doch perfekt! Alle glauben, dass du jedes Recht der Welt hast, hier zu sein, also bist du erst einmal sicher. Jetzt müssen wir nur noch dafür sorgen, dass es so bleibt und die Wahrheit niemals rauskommt!"
Mir krampfte sich fast das Herz zusammen, als ich an die Worte meiner Tante dachte: „Die Wahrheit lässt sich nicht ewig verschweigen!", flüsterte ich.

„Vielleicht nicht ewig“, gab Otto zu. „Aber lange genug, um ihnen klarzumachen, dass sie nicht mehr ohne dich leben wollen. Und dafür musst du eben sorgen. Notfalls mit allen Mitteln! Lass dir etwas einfallen. Katzen sollen doch so klug sein, oder?“
Klar waren wir Katzen klug und einfallsreich. Aber ich hatte doch gar keine Erfahrung im Umgang mit Menschen! Dank Otto kannte zwar nun schon jeder Hausbewohner meinen Namen, aber was, wenn ich einen Fehler machte? Sie nicht richtig einschätzte oder mich sonst irgendwie verriet? Ich atmete tief durch. Alternativen blieben nicht viele, wenn ich nicht ins Tierheim gebracht oder den Winter irgendwo draußen verbringen wollte. Ja, Otto hatte Recht, ich musste mich unentbehrlich machen. Bei jedem hier im Haus. Nur das konnte mich vor dem Schlimmsten retten. Mit diesem Gedanken schlief ich ein.

Das Chaos ist perfekt

Der nächste Morgen brach zwar nicht direkt mit einem Paukenschlag an, dafür mit einem lauten „Plopp“. Danach war es zappenduster. Ich hatte neben dem Sofa geschlafen, denn trotz Ottos Zureden hatte ich mich nicht getraut, es mir direkt darauf gemütlich zu machen. Ich brauchte ein paar Augenblicke, um mich zu orientieren. Dann hörte ich ein Poltern.

„Auweia!“, gab Otto seinen Senf dazu.

„Was war das?“, hörte ich jemanden rufen, leider war ich noch viel zu verschlafen, um die Stimme richtig zuordnen zu können. Leicht verwirrt tapste ich durchs Haus Richtung Küche. Dort war es ebenso dunkel wie oben, dennoch herrschte überraschend viel Betrieb.

„Wo ist denn hier der Sicherungskasten?“, rief Andreas verärgert. „Ernst? Hallo? Ernst? Und Kerzen oder eine Taschenlampe?“

Manuela seufzte. „Hätte diese blöde Sicherung nicht wenigstens warten können, bis der Kaffee durchgelaufen ist?“, murrte sie. „Komm her, Miezi, pass auf, dass in der Dunkelheit keiner auf dich drauftritt!“

Ihre Besorgnis machte mir Mut. Schon allein deshalb hätte ich ihr gern gesagt, dass Katzen in der Dunkelheit weit mehr sehen können als Menschen, aber das hätte sie ja leider nicht verstanden.

„Wo schläfst du eigentlich, hm? Ich habe nirgendwo deinen Katzenkorb entdeckt. Oder hast du etwa keinen?“

Andreas, halb rasiert und ungeduscht, griff zu meinem Glück das Thema nicht auf. „Wir müssen doch irgend-

etwas haben, was so viel Licht gibt, dass ich damit diesen verdammten Sicherungskasten suchen kann", schimpfte er stattdessen, drehte sich fluchend um und machte sich erneut auf die Suche.
„Saftladen, Saftladen!", kreischte Otto von oben. Ich fand, er hörte sich regelrecht begeistert an.
„Was ist denn hier los?", erkundigte sich der Professor, der nun auch auf den Beinen war.
„Geh lieber wieder zu Bett", riet Manuela. „Du brauchst deine Ruhe! Wir kommen hier schon zurecht."
„Theoretisch schon", meinte der Professor, während er sich vorsichtig die Treppe hinabtastete. „Wobei ich bemerken möchte, dass ich mir unter Ruhe allerdings etwas anderes vorstelle. Autsch!"
Wie zur Bekräftigung knallte nun eine Zimmertür. Laura, vermutete ich anhand des Getrampels.
„Tut mir leid, dass wir dich geweckt haben", entschuldigte sich Manuela flüsternd, als ob das jetzt noch etwas nützen würde. Der Professor hatte sie trotzdem gehört und strich ihr nun sanft über den Arm.
„Ist schon gut, Liebes. Ich kümmere mich darum."
Laura war nun auch die Treppe hinabgepoltert und machte ihrem Unmut Luft. „Es ist furchtbar hier", jammerte sie. Vielleicht sollte ich mich ihrer annehmen? Entschlossen kuschelte ich mich an ihre Beine.
„Komm her!", schniefte sie und nahm mich auf den Arm. „Du verstehst das vielleicht nicht, aber hier bin ich nun total abgeschnitten von der Welt!", klagte sie. Ich schnurrte zustimmend. Und wie ich sie verstand! Ich war doch ebenfalls aus der Stadt zwangsverpflanzt

worden. „Nichts geht! Dieses Haus ist vorsintflutlich! Die Dielen knarren, sobald man drauftritt, die Stromleitungen halten keine zwei Geräte auf einmal aus, es geht kein Internet und mein Handy ist seit dem blöden Umzugsterror von gestern auch verschollen! Wie soll ich nur mit meinen Freunden Kontakt halten? Und erst mit Kevin?“

Nun kullerten die ersten Tränen und wenig später rannen Sturzbäche davon über ihre Wangen auf mich nieder. Ich schnurrte los. Das Mädchen war wirklich verzweifelt, das spürte ich genau, und ich witterte meine Chance als Seelentröster. Ich kuschelte mich enger an sie. Ihr sanftes Streicheln beruhigte uns beide. Dann wurde es auf einen Schlag taghell.

„Der Strom geht wieder!“, posaunte der Professor unüberhörbar durchs Haus.

„Der Sicherungskasten ist im Keller!“, erklärte er Andreas, der sich auch wieder in der Küche eingefunden hatte. Inzwischen hatte er eine Taschenlampe aus dem Auto organisiert.

„Ich dachte, du hast die Elektrik schon erneuern lassen?“, fragte Andreas ärgerlich. Der Professor schüttelte bedauernd den Kopf.

„Tut mir echt leid, mein Junge, aber dazu hat die Zeit nicht mehr gereicht!“

Ich sah, wie es in Andreas Gesicht arbeitete: Ungläubigkeit gepaart mit ärgerlichem Staunen. Der Professor sah nun ehrlich zerknirscht aus.

„Ich weiß, ich wollte mich drum kümmern. Aber dann kam die Einladung für die Jahrestagung in Akaba und

da konnte ich einfach nicht widerstehen! Immerhin wurde ich von meinen Kollegen gebeten, einen Vortrag über meine letzten Forschungsergebnisse zu halten. Da musste ich zusagen, Kinder, ehrlich!"
Während Andreas ihn immer noch ungläubig anstarrte, blieb Manuela erstaunlich ruhig. Vielleicht beruhigte die Schwangerschaft ja ihre Nerven?
„Dass du da nicht Nein sagen konntest, verstehe ich gut!", sagte Manuela und drückte ihrem Onkel und ihrem Mann erst einmal eine Tasse Kaffee in die Hand, der inzwischen fertig war. „Das macht doch nichts, jetzt sind wir hier und kümmern uns um alles. Das Haus ist ja schließlich keine Ruine, wir können drin wohnen und uns auch um die Renovierung kümmern. Das von dir zu verlangen, wo du doch trotz deines Alters so viel um die Ohren hast, war wirklich nicht fair!"
„Meines Alters?" Der Professor war sichtlich verwirrt. Andreas rettete die Situation, indem er vehement auf die Uhr wies.
„Los, Leute, es wird Zeit!", blies er zum Aufbruch. „Laura, zieh dich an und wecke Jonas. Und du, Schatz, du ruhst dich jetzt aus, ja?"
Doch noch bevor Manuela antworten konnte, schrie Laura oben auf. „Das Wasser ist eiskalt", kreischte sie, was Manuela veranlasste, sich die Treppe hinaufzubewegen.
„Kalte Dusche, Eiszeit, Eiszeit!", trällerte Otto, woraufhin der Professor ihn zur Ordnung rief.
„Das ist hier nicht auszuhalten", hörte ich Laura oben jammern. Ich hätte sie ja gerne getröstet, doch selbst

die allergrößte Zuneigung bringt mich nicht unter eine Dusche, am wenigsten unter eine eiskalte.
„Müssen die Wasserleitungen etwa auch erneuert werden?“, fragte Andreas den Professor. Der winkte ab.
„Nein, nein, die habe ich vor ein paar Jahren machen lassen!“, beruhigte er ihn.
„Vor wie vielen Jahren, Ernst?“, hakte Andreas nach, was dem Professor ein Lächeln abrang.
„Vor drei oder vier Jahren, nicht vor hundert, keine Angst. „Der Boiler ist vermutlich nur leer“, erklärte er. „Eine Füllung reicht für zwölf Minuten Heißwasser. Ich konnte ja nicht ahnen, dass ihr hier planschen wollt wie die alten Römer in ihren Thermen.“
Otto ließ sich nicht dauerhaft das Wort verbieten. „Oooh, Oooh! Saftladen!“, rief er von oben. Es klang wirklich heiter und fröhlich.
„Wo hat der Vogel eigentlich diese Ausdrücke her?“, mokierte sich Andreas.
„Aber wo wir nun schon mal unter uns sind, Ernst. Bitte versuche etwas Geduld mit Manuela zu haben. Sie ist in ihrem Zustand leicht gereizt und ihre Stimmung kippt im Minutentakt. Sie macht das nicht mit Absicht, das war schon bei Laura und Jonas so.“
Der Professor sah ihn fragend an.
„Okay, also Manuela plagt sich mit einem furchtbar schlechten Gewissen herum. Vielleicht weil der Vater ihrer besten Freundin vor ein paar Monaten überraschend gestorben ist, keine Ahnung. Iris wohnt in Kanada, ihr Vater lebte in Berlin, sie telefonierten zwar, aber es war eben kein wirklich enger Kontakt mehr.

Dann war er tot und bei Iris der Kummer groß. Seitdem ist Manuela von der fixen Idee beseelt, sich mehr um dich kümmern zu müssen, verstehst du?"
Dass der Professor keineswegs verstand, war ihm deutlich anzumerken. Also rang sich Andreas weitere Erklärungen ab.
„Na ja, wir hatten zwar immer Kontakt zu dir, aber eben keinen besonders engen, verstehst du? Du wirst Siebzig im Frühjahr, bist seit ein paar Jahren pensioniert, und wir schaffen es kaum, dich ein- oder zweimal im Jahr zu besuchen, obwohl uns keine Kontinente trennen. Selbst zu den Feiertagen hat es nie geklappt. Sie denkt, dass sie dich vernachlässigt hat, wo du doch praktisch ihr einziger Blutsverwandter bist. Dass sie sich mehr hätte um dich kümmern müssen. Sicher wird sie das jetzt nachholen wollen. Versuch ihr ihren Übereifer nicht übel zu nehmen."
Das Gesicht des Professors glich einem einzigen Fragezeichen. „Was um Himmels willen hat das Mädchen denn vor?"
Leider kam Andreas nicht mehr dazu, das näher auszuführen, denn Manuela kam zurück. Mit Laura, die immerhin nicht mehr weinte, und Jonas im Schlepptau.
„Ihr müsst los!", blies sie zum Aufbruch und drückte ihren drei Lieben noch ein Lunchpaket in die Hand. Andreas bekam sogar einen Thermobecher voll Kaffee, dann stürzten sie los. Laura fuhr mit ihrem Vater in die Stadt zur Schule; Jonas setzten sie am Schulbus ab. Er war schon zu Beginn des Schuljahres hier in der Nähe

eingeschult worden. Dann waren wir allein: Manuela, der Professor und ich.
Der Professor seufzte tief. „Tut mir wirklich leid, mein Kind, dass ich das mit der Renovierung vergeigt habe. Ich weiß, dass ihr viel moderner lebt als ich. Ihr braucht diesen ganzen neumodischen Schnickschnack wie Satellitenschüssel, mehrere Telefone und so. Ich habe mich zeitlebens nass rasiert. Und eine Dusche kalt abzuschließen, ist gut zur Abhärtung, das hat schon deine Großmutter immer propagiert."
„Ja, schon", gab Manuela zu. „Aber was ist, wenn du dich nicht mehr nass rasieren kannst? Oder wenn du einen Badewannenlift brauchst?"
„Einen was?" Der Professor starrte sie an wie ein Gespenst.
„Na, du wirst ja auch nicht jünger", sagte sie, und ich begann zu ahnen, was Andreas vorhin gemeint haben könnte. Der Professor allerdings offenbar nicht, denn er sah nun wirklich gekränkt aus.
„Sollte ich mal zu alt zum Rasieren sein, lasse ich mir eben einen Bart stehen", knurrte er. „Und statt eines Badewannenlifts engagiere ich mir eine Schwester. Und zwar eine junge, knackige!"
Der Mann hatte wirklich Humor, leider guckte nun Manuela wie ein Gespenst.
„Oh-ho", kreischte Otto von oben.
„Ich nehme das mit der Renovierung in die Hand!", versprach Manuela und ließ dem Professor gar keine Chance, Widerspruch einzulegen.

„Schön, mein Kind, wenn du darauf bestehst, stelle ich mich dir ganz sicher nicht in den Weg. Aber denkst du nicht auch, dass du das lieber Andreas überlassen solltest? In deinem Zustand?“
Nun war Manuela leicht pikiert. Und mir gefiel dieser Mann immer besser.

Während Manuela telefonierte, zog sich der Professor zurück. Ich trottete hinterher. Wenn alle weg oder beschäftigt waren, hatte ich keine Chance, irgendjemandem irgendetwas zu beweisen. Außerdem, so hoffte ich, würde Manuela bei mehr Beschäftigung weniger Zeit zum Fragen haben. Nach Futternäpfen, Futteraufbewahrungsorten oder fehlenden Katzenkörbchen.
Otto turnte auf seinem Ast herum und knabberte ein Stück Banane, das ihm der Professor gerade gegeben hatte, als ich nach oben kam. Dann bemerkte der Professor die Haare an der Stelle, an der ich geschlafen hatte.
„Na, deine Schlafdecke oder was immer du hast ist wohl auch noch in einer der Kisten versteckt?“, wunderte er sich und kramte im Bettkasten herum.
„Dann nimm die einfach so lange, einverstanden?“
Mir stockte der Atem. Eine eigene Schlafdecke! Nur für mich! Kein Putzlappen, kein Heu oder sonst etwas, sondern eine kuschelige, hellgraue Decke. Der Professor legte sie zwischen Sofa und Fenster, an dem sich eine Heizung befand.
„Katzen mögen es doch warm, stimmt's?“ Ich schnurrte zur Bekräftigung.

„Weißt du, Otto", sagte er dann, „ich muss mich wohl erst noch an die Katzenhaare gewöhnen. Sie hätten mir ja auch mal sagen können, dass sie eine Katze mitbringen, ich hätte doch weiß Gott nichts dagegen! Du weißt, ich setze kein Tier vor die Tür, aber ich hätte ja Vorbereitungen treffen können!"

Im gleichen Moment kreischte Otto los: „Hallo, Mama, Mama, Mama!"

„Na, das ist aber eine Begrüßung!", freute sich Manuela, die plötzlich im Türrahmen stand. „Ich wollte dir nur ein Glas heiße Milch bringen, Onkel Ernst. Hier schläfst du also, Miezi?", fragte sie und besah sich mein nagelneues Schlafnest. „Das sieht doch sehr gemütlich aus! Ich lass euch dann mal wieder allein!"

Der Professor nahm kopfschüttelnd das Glas Milch und verschwand im Nachbarzimmer, während mein Herz immer noch wie verrückt raste.

„Ist doch noch mal gut gegangen!", tröstete mich Otto und hopste zu mir herüber. „Hey, Kopf hoch, ich sagte doch, ich helfe dir!"

Erschöpft probierte ich meinen neuen Schlafplatz aus – ein Nickerchen würde mir nach all der Hektik sicher guttun. Doch die Ruhe währte nicht lange, kurz darauf klingelte es laut und schrill. Ich sprang hoch und sah mich verwirrt um.

„Haustürglocke", kicherte Otto. „Ich kann fast alle Geräusche imitieren, darin bin ich unübertroffen!"

„Oh Mann, warum machst du das? Du hast mich furchtbar erschreckt", beschwerte ich mich. Dieser Vogel war wirklich unberechenbar. Und nicht nur ich

war darauf reingefallen, unten hörte ich Manuela Richtung Tür stürmen.
„Ja doch, ich komme gleich!“, rief sie.
„Es wird gleich klingeln“, erklärte mir Otto derweilen. „Ich sehe jemanden kommen.“ Er sah über mich hinweg zum Fenster hinaus. Ich schnellte auf das Fensterbrett und folgte seinem Blick. Auf dem Kiesweg, der von der Straße zum Gartentor und von dort aus zur Haustür führte, näherte sich eine ältere Dame. Ihr Blick erinnerte mich an einen Bussard, weil sie ständig hektische Blicke nach allen Seiten warf. Sie war ganz in Senfbraun gekleidet, und auch ihre Haare wirkten irgendwie verblichen. Otto stöhnte wie eine überspannte Operndiva.
„Was ist denn?“
„Frag lieber, ‚wer‘, Miezi“, meinte Otto und stieg von einem Fuß auf den anderen. Mittlerweile war die Frau an der Haustür angelangt und wollte eben klingeln, als Manuela öffnete. Die Frau überreichte ihr einen bescheidenen, wenn auch nicht mehr ganz taufrischen Blumenstrauß.
„Ich bin Erika Rode“, sagte sie mit hoher und schriller Stimme. „Ihre Nachbarin. Herzlich willkommen, meine Liebe!“
Ich beschloss, mir diese Nachbarin aus der Nähe anzusehen, und schlich mich schnell nach unten zwischen Manuelas Beine. Sie bat ihren Gast höflich herein, während der Professor, der inzwischen auch unten angekommen war, im Türrahmen zum Wohnzimmer stehen blieb. Manuela ging in die Küche, um den Kaffee zu holen.

„Na, Herr Professor, wie fühlen Sie sich denn mit Ihrem Familienzuwachs?“, fragte Erika Rode. „Wollen Sie sich nicht setzen?“
Er machte keinerlei Anstalten dazu, dann ertönte das Klingeln des Telefons aus dem Arbeitszimmer. Ich ahnte sofort, dass es Otto war, aber niemand schien Verdacht zu schöpfen.
„Entschuldigen Sie mich bitte, Frau Rode“, sagte der Professor und war schon halb an der Treppe angelangt. „Aber Sie hören ja selbst …“
„Ja, ja“, sagte sie. „Ich weiß ja, wie beschäftigt Sie immer sind.“
Der Professor sprintete die Stufen hinauf wie ein junger Mann, und ich folgte ihm. Otto klingelte noch immer und hörte damit erst auf, als der Professor die Tür zum Flur geschlossen hatte. Ich war ihm auf den Fersen gefolgt und mit ins Zimmer gehuscht.
„Ich danke dir, Otto“, sagte er und spendierte Otto ein paar Nüsse aus einer Schublade. Dann öffnete der Professor die Verbindungstür zu einem anderen Zimmer, in dem ich bisher nicht gewesen war. Vorsichtig lugte ich um die Ecke. An allen Wänden standen Regale und Vitrinen voller kleiner Bauwerke. Es roch nach Papier und Leim und Holz, ein bisschen auch nach Farben. Otto war von seinem Ast gesprungen und näherte sich nun ebenfalls.
„Sei vorsichtig mit den Modellen“, raunte er mir zu. „Wir dürfen ins Zimmer, müssen aber aufpassen, dass nichts kaputtgeht.“
„Was ist das alles?“, fragte ich ehrfürchtig.

„Modelle von Grabfassaden, Tempeln und anderen antiken Gebäuden, vornehmlich nabatäisch, aus Petra, oder biblisch, aus Jerusalem und Betlehem!“, erklärte mir Otto wichtigtuerisch.
„Naba-was?“ Ich verstand kein Wort. Dass Otto aber auch immer mit seinem erlauschten Fachchinesisch prahlen musste!
„Die Nabatäer waren ein Zusammenschluss von arabischen Beduinen auf dem Gebiet des heutigen Jordaniens. Der berühmteste Ort der Nabatäer, ihre Hauptstadt, war Petra. Ist sogar Weltkulturerbe. Unser Professor ist nämlich ein angesehener Theologe, Alttestamentler, um genau zu sein. Sein Lieblings- und Spezialthema sind aber die Nabatäer, über die wohl nicht so viel erforscht ist. Am bekanntesten ist wohl das hier!“ Otto deutete auf das größte der Modelle. Es stellte ein fremdartiges Gebäude dar, das irgendwie in einem Berg feststeckte. „Das Khazne al-Firaun am Ausgang des Siq. Das Gebäude ist auch als ‚Schatzhaus des Pharaos‘ bekannt, war in Wirklichkeit aber ein Grabtempel“, brüstete sich Otto weiter mit seinem Wissen.
„Und der Professor fährt manchmal dorthin?“, fragte ich staunend.
Otto nickte. „Ja, er war erst kürzlich wieder dort. Er ist in Fachkreisen sehr anerkannt für seine Forschungen, die er auch nach seiner Pensionierung weiter betreibt. Zum Glück hat unser Tim seine Leidenschaft geerbt!“
„Tim?“, hakte ich nach. Otto gurrte liebevoll.
„Ein netter Junge, der Patensohn des Professors. Er studiert seit Kurzem Theologie, und der Professor ist

sehr stolz auf ihn. Überhaupt freut er sich immer, wenn er junge Leute für den ganzen alten Kram begeistern kann. Auch Angelika Sperber, eine ganz besonders liebe Nachbarin, die mich immer versorgt, wenn mein Professor unterwegs ist, teilt seine Leidenschaft. Sie war schon in Israel, ebenso wie der Professor, nur zusammen haben sie es noch nie geschafft."
„Ging ja nicht, wer hätte dich sonst versorgen sollen!", bemerkte ich. Wir schlichen uns wieder hinaus, aber der Professor bemerkte uns ohnehin nicht, so vertieft wie er in seine Arbeit zu sein schien.

Kaum war Erika Rode verschwunden, griff Manuela wieder zum Telefon. „Morgen kommen die Elektriker!", meinte sie kurz darauf. Sie hatte wohl das Bedürfnis, ihren Verhandlungserfolg mit jemandem zu teilen. Leider war der Professor gerade wenig interessiert. Also ergriff ich meine Chance und beschmuste sie ein bisschen. Da klingelte es erneut an der Haustür. Eine weitere ältere Dame trat ein. Wo der Professor so schnell herkam, war mir schleierhaft. Und Otto erst, er flatterte der fremden Frau förmlich um den Hals.
„Ich bin Angelika Sperber!", stellte sie sich höflich vor und begrüßte Manuela. Dann wandte sie sich den anderen zu. Dabei fiel ihr Blick auf mich. Mit angenehmer Stimme sagte sie: „Du bist aber eine Hübsche! Hast du dich schon etwas eingelebt hier?" Mir stockte fast das Herz. Hörte das denn nie auf? Doch Manuela hatte sich zum Glück bereits abgewandt und war in die Küche gesaust.

„Ich habe noch Kaffee und Kuchen", rief sie, und der Professor war charmant genug, ihr zu folgen. „Wir gehen nach oben, mein Kind, bemüh dich nicht." Als er ihr enttäuschtes Gesicht sah, griff er sich ein Tablett. „Ich nehme alles mit hoch!", verkündete er. „Vergiss nicht, dass dein Mann dir Ruhe verordnet hat. Mit der ist es aus, wenn Jonas aus der Schule zurückkommt – hat er nicht angedroht, seine neuen Freunde mitzubringen? So eine Rasselbande ist nicht ohne, also schone dich lieber jetzt noch!"
Otto, Angelika Sperber und der Professor verzogen sich nach oben, während ich bei Manuela blieb. Kurz darauf stürmte Jonas ins Haus, zunächst allein.
„Konstantin kommt nach dem Mittag, dann wollen wir Hausaufgaben machen und spielen!", erklärte er seiner Mutter und stürzte sich sofort auf mich. „Miezi, warum bist du kein Hund?"
„Geht das jetzt schon wieder los?", stöhnte Manuela. „Ich dachte, das Thema wäre erledigt. Du bekommst ein Geschwisterchen, außerdem hast du jetzt Miezi und Otto."
„Ja, aber ich kann sie nicht an der Leine mitnehmen, und sie holen auch keine Stöckchen."
„Du kannst ja versuchen, Miezi das Stöckchenholen beizubringen", riet Manuela mit einem Augenzwinkern. Jonas verstand den Gag nicht, und mir schwante Böses. Der Gedanke, Kunststücke beigebracht zu bekommen, löste gemischte Gefühle in mir aus. Einerseits war es deutlich unter meiner kätzischen Würde, Stöckchen nachzurennen. Andererseits durfte ich mein

Ziel nicht aus den Augen verlieren. Wenn also Jonas es sich so sehr wünschte, konnte ich es ihm da abschlagen? Zum Glück hatte Jonas nicht vor, sich sofort als Zirkusdompteur zu versuchen.
„Ich brauche Zählkastanien!“, verkündete er stattdessen.
Manuela sah ihn mit gerunzelter Stirn an. „Zählkastanien?“
„Ja, wir sollen Kastanien mitbringen, zum Zählenlernen. Und dann nehmen wir sie auch gleich zum Basteln, sagt Frau Köhler!“, erklärte er seiner Mutter, während Manuelas Gesicht sich weiter verdüsterte.
„Wieso kann diese Frau nicht auf schlichte Zählstäbchen zurückgreifen, wie andere Lehrer auch“, fragte sie leicht gereizt.
„Weil man die nicht verbasteln kann!“, stellte Andreas fest, der gerade zur Tür hereingekommen war. „Nicht aufregen, Schatz, in irgendeiner Kiste sind ganz bestimmt auch noch ein paar Kastanien, und du musst damit ja auch nicht basteln!“
„Da habe ich aber Glück!“, brummelte Manuela mürrisch. „Ich hasse diese Bastelei! Diese Frau Köhler kommt frisch von der Uni und meint, alle pädagogischen Methoden über Bord werfen zu müssen. Anschaulicher Unterricht gut und schön, aber ich kann schon zählen, und basteln will ich gar nicht lernen!“
So ganz verstand ich zwar nicht, was sie meinte, trotzdem gab ich ihr schnurrend zu verstehen, dass ich ganz ihrer Meinung war. Jonas war mit seinem Vater auf Kastaniensuche gegangen, somit war ich allein mit

Manuela, als der Professor und Angelika Sperber nach unten kamen und sich verabschiedeten.
„Das Tablett steht in der Küche. Wir gehen dann mal!“, verabschiedete er sich.
„Du willst noch mal weg?“ Manuela sah regelrecht schockiert aus. „Bist du zum Abendessen zurück?“
Nun war es der Professor, der einigermaßen konsterniert aus der Wäsche guckte.
„Tim müsste gleich kommen“, erklärte er Manuela. „Kollegenstammtisch. Er fährt mich hin und selbstverständlich wird er mich auch wieder vollständig daheim abliefern“, fügte er hinzu. „Wann auch immer, ich bin nämlich volljährig und brauche niemanden mehr zu fragen!“ Angelika Sperber verkniff sich ein Schmunzeln und ich rieb sicherheitshalber mein Köpfchen an Manuelas Bauch. Ablenkung tat ihr bestimmt gut. Da klingelte es schon an der Tür.
„Tim!“, stellte der Professor fest.
„Bitte ihn doch herein!“, verlangte Manuela. „Ich habe ihn das letzte Mal zu deinem 65. Geburtstag gesehen! Oder war es zur Taufe von Jonas?“
Das klang tüchtig beschämt, stellte ich fest, und ich bemerkte, wie Manuela sogar die Tränen in die Augen schossen. Der Professor atmete tief durch und tat ihr den Gefallen.
„Tim, mein Junge, das ist Manuela!“, stellte er die beiden überflüssigerweise einander vor. „Angelika kennst du ja schon.“
Im gleichen Moment kam Laura aus ihrem Zimmer die Treppe herabgeschossen.

„Mama, wann kommen denn die Elektriker endlich? Ich soll mein Glätteisen nicht benutzen, sagt Papa. Und der Fernseher geht auch nicht! Vom Internet ganz zu schweigen!"
„Und das ist unsere Laura!", erklärte der Professor Tim ungerührt, und mit einem gewissen hinterhältigen Lächeln fügte er hinzu: „Wenn sie nicht so ärgerlich ist, ist sie das liebste und hübscheste Mädchen weit und breit. Und am Neujahrstag wird sie süße Siebzehn."
Es war faszinierend zu sehen, wie beide gleichzeitig rot wurden. Tim, der zwar mit seinen halblangen Haaren und den Lederklamotten so aussah, als wäre er Mitglied bei den Hells Angels, aber offenkundig trotzdem recht schüchtern war, und Laura, die gleich vor Wut platzte. Das war dem Professor wohl auch klar, denn er schob Tim schnell aus der Schusslinie. „Wir sind dann mal weg!"
„Ich werde mich wohl besser mal an der Kastaniensuche beteiligen!", verkündete Manuela und erhob sich. „Sieh doch mal zu, ob du unsere Laura ein bisschen aufheitern kannst, ja?", bat sie mich.
Kein Problem, das tat ich doch gern. Laura hatte sich zum Luftschnappen auf die Terrasse verkrümelt und bibberte nun in der Kälte vor sich hin. Mir war auch kalt, trotzdem wollte ich gern helfen. Doch wie muntert man jemanden auf, der mit aller Macht ärgerlich sein will? Während ich noch hinter der Tür kauerte, hörte ich Manuela im Wohnzimmer mit Andreas tuscheln. Gut, dass ich ein unübertreffliches Gehör habe!

„Aber Andreas!“, hörte ich sie flüstern. „Du weißt doch, was man sich von Menschen erzählt, die sich eine Katze halten!“
Mein Herz krampfte sich vor Schreck zusammen. Es ging um mich, oh je, was kam denn jetzt?
„Dass sie einsam sind?“, fragte Andreas, und mein Herz schlug noch einen Takt schneller. Der Professor und einsam? Damit waren sie aber tüchtig auf dem Holzweg.
„Ja, aber warum hat er uns von der Katze nichts erzählt?“, bohrte Manuela weiter und gab sich selbst die Antwort: „Er wollte mir kein schlechtes Gewissen einjagen, das ist es!“
Andreas schnaufte. „Jetzt geht das wieder los! Bitte nicht, Manuela! Sieh mal, wir sind jetzt hier eingezogen und du wirst künftig alle Zeit der Welt haben, dich rund um die Uhr um deinen Onkel zu kümmern!“
Andreas redete noch eine ganze Weile auf Manuela ein, um ihre Ängste zu zerstreuen, doch ich hatte meine Zweifel, ob er damit Erfolg haben würde. Dann wurde Laura endlich auf mich aufmerksam und nahm mich auf den Arm. Wohlig kuschelte ich mich an sie.
„Weißt du, ich kann Kevin einfach nicht erreichen, er ist mir in der Schule komplett ausgewichen, als ob ich die Pest hätte! Und da das blöde Handy weg ist und hier kein Internet funktioniert, kann ich ihm nicht mal eine Nachricht hinterlassen! Und wenn ich Mama beichte, dass das Telefon weg ist, flippt sie aus. Mein letztes habe ich verloren. Ein neues kriege ich nie! Dabei habe ich solche Angst, dass Kevin mich abserviert!“

Oh je, das klang, als ob ihre ganze Welt unterginge. Ich tat mein Bestes, um sie aufzuheitern, schnurrte wie verrückt und beschmuste sie nach Kräften. Sie erzählte mir immer mehr. Von Kevin, dem Jungen, für den sie so viele Tränen vergoss. Und von Jasmin, Allegra und Jenny, ihren Freundinnen.

„Jeden Nachmittag waren wir zusammen, aber nun ist alles aus! Sie ziehen jetzt ohne mich um die Häuser, während ich hier festsitze und mit niemandem über Mode, Musik und Jungs plaudern kann!"

Während ich Laura zuhörte und ihre Streicheleinheiten genoss, hoffte ich inständig, dass das Geheimnis um meine Herkunft für immer im Dunkeln bleiben würde. Ich wollte so gern bleiben und dazugehören. Und ich war bereit, alles zu tun, was dafür nötig war, selbst wenn ich dafür eine Weile in der Kälte frieren musste. Dass Laura mich brauchte, war ja schon mal ein guter Anfang.

Adventsstimmung mit Hindernissen

„Es war auch schon mal ruhiger im Haus!" Otto baumelte kopfunter an seiner Stange, während ich zu ihm aufblickte. Der November war fast vorbei, und ich war nun bereits zwei Wochen hier. Diese Familie war mir schon richtig ans Herz gewachsen. Außerdem wurde es nie langweilig. Letzten Sonntag hatte der Professor kurzerhand die komplette Familie zum Adventssingen in die Kirche abkommandiert, wofür sich besonders Laura überhaupt nicht begeistern konnte. Erster Adventssonntag hin oder her, sie litt unter Liebeskummer, der Abgeschiedenheit und unter dem Verlust ihres Telefons, den sie ihren Eltern noch immer nicht gebeichtet hatte. Doch auch für den Professor hatte dieser Sonntagnachmittag Nebenwirkungen: Er wurde nun Jonas nicht mehr los, denn der Bursche bombardierte ihn mit tausend Fragen. „Was macht ein Theologieprofessor eigentlich hier?", wollte er wissen. „Ich dachte, die wohnen im Kloster! Wie Mönche!" Doch der Professor blieb selbst angesichts solcher Fragen ruhig.

„Im Prinzip habe ich so etwas Ähnliches wie deine Frau Köhler gemacht, jungen Leuten etwas beigebracht!" Das verstand Jonas. Zum Glück hatte wenigstens er sich prima eingelebt und schnell Anschluss gefunden. Vor allem mit Konstantin, einem Steppke aus der Nachbarschaft, mit dem er auch in die gleiche Klasse ging, war Jonas besonders dick befreundet. Im Moment war er zum Glück gerade in der Schule bei seiner geliebten Frau Köhler, wenngleich ohne Zählkastanien, die sich auch nach längerem Suchen nicht finden ließen. Ebenso wenig wie meine logischerweise nicht vorhandenen Einrichtungsgegenstände, an deren Fehlen sich Manuela inzwischen gewöhnt hatte.

„Ich komme mir vor wie auf einer Großbaustelle!“, sagte der Professor in genervtem Tonfall, als er aus seinem Arbeitszimmer kam. Die Elektrosanierungsarbeiten waren in vollem Gange und der Lärmpegel war enorm. Otto nahm das als Stichwort für seinen Einsatz und ließ eine Bohrmaschine aufheulen – rein akustisch, versteht sich.
„Halt den Schnabel“, fauchte der Professor ihn an. „Nimm dir ein Beispiel an Miezi, die macht nicht so einen Krach!“ Er begann mich zu kraulen.
„Oooiii Miezi, Miezi!“, kreischte Otto.
Unten klingelte es derweilen, und ich hörte, wie Manuela Erika Rode begrüßte. Meine Neugier war geweckt.
„Ach, dieser Lärm und der Dreck, wie halten Sie das nur aus?“, fragte Erika Rode und stellte ihre potthässliche und abenteuerlich große Tasche auf den Küchentisch. Bei jedem ihrer Besuche hatte sie sie dabei und hütete sie wie einen Schatz. Während Manuela den Tee aufbrühte, plapperte Erika Rode munter weiter.
„Und das alles in Ihrem Zustand! Der Professor ist wohl nicht zu Hause? Also, Sie sollten darauf bestehen, dass er die Handwerker übernimmt! Ihnen das zuzumuten, ich weiß nicht!“ Ihre Stimme schraubte sich bei ihren Mitleidsbekundungen in ungeahnte Höhen,

die mein sensibles Gehör fast noch mehr malträtierten als die Bohrmaschinen im Nachbarzimmer.
„Mein Onkel ist mit seinen Studien beschäftigt!“, stellte sich Manuela jedoch tapfer vor den Professor. „Ihn dabei zu stören, ist keine gute Idee. Sonst bereut er es womöglich noch, uns ins Haus geholt zu haben!“
Als Erika Rode nach der zweiten Tasse Tee merkte, dass Manuela unter keinen Umständen bereit war, den Professor aus seinem Arbeitszimmer zu locken, gab sie auf und ging wieder. Und ich legte mich schlafen, bis Jonas aus der Schule kam. Manuela lotste ihn sofort in die Küche. Während sie sich ums Mittagessen kümmerte, versuchte sich Jonas wieder als Katzendompteur. Den Traum vom eigenen Hund hatte er nämlich längst nicht aufgegeben, aber er nahm – mangels Hund – nun erst einmal mit mir vorlieb.
„Los, Miezi“, wandte sich Jonas an mich und warf mir einen aus zusammengerollter Pappe gebastelten Stockersatz zu. „Hol das Stöckchen! Los, hol das Stöckchen, Miezi!“ Ich maunzte kläglich, doch es half nichts. Manuela war beschäftigt und sonst niemand in der Nähe, der mich vor Jonas Dressurattacken retten konnte. Ich rang kurz mit mir, dann lief ich los und brachte ihm sein blödes Stöckchen zurück.
„Fein, Miezi, du bist eine ganz brave Katze!“, lobte er mich und sah dabei so aus, als hätte ich mindestens das achte oder neunte Weltwunder erschaffen.
„Hör jetzt auf und iss deine Gemüsesuppe!“, unterbrach Manuela endlich das dumme Spiel.

„Wie sieht es mit Hausaufgaben aus?“, erkundigte sie sich, als er aufgegessen hatte.
„Felix und Konstantin kommen aber gleich zum Spielen!“, murrte er, während er sein Arbeitsblatt holte.
„Dann müssen sie eben warten, bis du fertig bist!“, parierte Manuela mit gespielter Strenge. Es wirkte: Jonas kam zurück wie ein geölter Blitz und hielt Manuela ein quietschgelbes Aufgabenblatt unter die Nase.
„Was ist denn das nun wieder?“, fragte Manuela und schüttelte den Kopf. „Mit Kindern Weihnachtssterne basteln macht Spaß“, las sie halblaut vor, „und versetzt Sie in die richtige Vorweihnachtsstimmung. – Na, wenn die sich da mal nicht irren.“
Sie überflog das Blatt und schüttelte den Kopf. „Hm, wenn deine Frau Köhler meint. Brauchst du Hilfe?“
„Ja. Ich kann das nicht“, brummte Jonas. „Und außerdem habe ich kein Teelicht.“
„Dann bastelst du nachher mit Felix und Konstantin!“, schlug Manuela vor.
Nun schüttelte Jonas entsetzt den Kopf. „Nein, doch nicht so was! Das ist uncool!“
Manuela grinste. „Verstehe, uncoole Weihnachtssterne bastelt man lieber mit Mama, alles klar. Aber auf dem Blatt stehen mehrere Varianten. Was ist mit den Sternen ohne Teelicht?“, fragte sie.
„Dazu brauch ich Pfeifenreiniger. Und die habe ich auch nicht!“ Jonas war jetzt wirklich gereizt. Manuela wurde es langsam auch.
„Und Frau Köhler meint, dass diese Dinge in jedem Haushalt vorhanden sein müssen? Weiß sie nicht, dass

Rauchen ungesund ist? Wozu brauchen Nichtraucher Pfeifenreiniger?“, echauffierte sie sich.
„Was wir nicht haben, sollen wir besorgen lassen. Aber du willst nix besorgen, stimmt's? Also kann ich keine Sterne basteln.“ Jonas griff nach dem Arbeitsblatt und schielte an Manuela vorbei aus dem Küchenfenster. Doch die gab nicht auf.
„Warte mal, ich habe da eine Idee“, sagte sie und begann die Anleitung laut vorzulesen. „… nehmt das Teelicht aus dem Töpfchen und legt das Töpfchen mit der Öffnung nach oben vor euch hin. Dann schneidet regelmäßige Zacken in den Rand des Töpfchens … hm. Wir brauchen kein Teelicht, sondern nur das Töpfchen“, stellte sie fest.
Jonas rollte mit den Augen. „Und? Haben wir eins?“
„Nein, aber warte mal.“ Manuela sah sich suchend in der Küche um. „Wir behelfen uns einfach.“ Sie hielt eines meiner Futterschälchen hoch. „Komm her, Miezi, heute gibt es eine Zwischenmahlzeit für dich!“
Eigentlich war ich noch pappsatt, doch ich wollte auch nicht undankbar erscheinen. Sie spülte das Schälchen sorgfältig ab und hielt es triumphierend in die Luft. „Wir nehmen das hier.“
„Aber Mama, das sieht doch völlig anders aus!“, beklagte sich Jonas. „Und ist eckig!“
„Ja, ich weiß. Gib mir deinen Zirkel.“
Jonas gehorchte widerwillig und sah zu, wie Manuela versuchte, mittels Zirkel und Schere dem ursprünglich eckigen Schälchen eine runde Form zu verleihen. Es wurde aber mehr oder weniger eiförmig.

„So. Dies ist nun das Teelicht", verkündete sie einigermaßen stolz und hielt das Unrund in die Höhe.
Jonas stöhnte auf. „So sieht ein Teelicht höchstens dann aus, wenn es unter eine Dampfwalze geraten ist", jammerte er.
„Noch bin ich nicht fertig. Wart's nur ab!" Sie begann, entlang des Randes Zacken auszuschneiden. „Na, was sagst du nun?", fragte sie dann.
„Das sieht aus wie ein ausgefranstes Spiegelei!" Jonas war nun fast den Tränen nahe. „Und der Aufdruck ist auch noch zu sehen."
Damit hatte er Recht. Auf der Unterseite des Schälchens waren Fütterungsempfehlungen aufgedruckt, die den verunglückten Stern auch nicht gerade weihnachtlicher machten.
„Dann hol mir mal meinen Nagellack aus dem Bad", verlangte Manuela, die mit ihrer Geduld langsam am Ende war.
Nachdem der Stern lackiert, getrocknet und außerdem mit einem Loch versehen war, durch das ein Bindfaden gezogen werden sollte, um ihn an den Christbaum zu hängen, war Jonas wirklich verzweifelt.
„Na, mach dir nichts draus", versuchte Manuela ihn zu trösten. „Die Absicht zählt. Du kriegst bestimmt von Frau Köhler einen Sonderpreis für Kreativität."
Während Jonas sich mit seinem höchst kreativen Weihnachtsstern trollte, ärgerte sich Manuela weiter über Frau Köhler.
„Was mich an dieser Frau wirklich aufregt, ist ihre Vorstellung, Leute wie wir würden in Bastelläden leben. Sie

denkt, jeder hat einfach alles daheim, was für ihre Ideen benötigt wird. Töpfchen von Teelichtern und Pfeifenreiniger! Oder Borkensplitter! Bergeweise Moos und Tannenzapfen. Oder eben Zählkastanien!"

Ich schnurrte ihr verständnisvoll zu, und als ich Felix und Konstantin ins Haus stürmen hörte, verzog ich mich zu Otto ins Obergeschoss.

Später hörte ich es dann auf dem Dachboden rumoren. Meine angeborene Neugier trieb mich die Stufen hinauf. Oben machte sich Laura an ein paar Kartons zu schaffen.

„Nichts!", fluchte sie. „Alles leer!" Laura ließ sich deprimiert auf dem Fußboden nieder und zog mich zu sich und schüttete mir ihr Herz aus.

„Weißt du, Miezi, ich glaube, die Super-Party, die Mama und Papa mir zu meinem Geburtstag versprochen haben, war nur ein Ablenkungsmanöver. Es sind nur noch ein paar Wochen! Immer wenn ich damit anfange, wechseln sie das Thema. Jetzt noch diese ganzen Handwerker! Das Haus ist eine Baustelle! Und dann Mama, die mit immer neuen Geburtsterminen nach Hause kommt! Wenn das auch noch ins Wasser fällt, weiß ich nicht mehr, was ich noch machen soll! Ich habe doch schon alle eingeladen. Alles abzublasen wäre so was von oberpeinlich!" Laura hatte sich nun so richtig in Rage geredet. „Und dieser blöde Computer ist auch nur noch als Schreibmaschine oder Spielzeug zu gebrauchen!", klagte sie weiter. „Ohne Internet bin ich völlig von der Welt abgeschnitten! In der Schule erzählen sich alle von den neusten Clips auf YouTube und twittern, was das Zeug hält, und ich stehe wie blöd daneben!“

Ich versuchte wenigstens annähernd verständnisvoll zu gucken, auch wenn ich keine Ahnung hatte, wovon sie da redete. YouTube? Twittern? Was war das? Eine Geheimsprache? Während ich noch rätselte, kam die hochschwangere Manuela mit schweren Schritten die Stufen herauf.

„Hier steckst du also!“, sagte sie zu Laura. „Was suchst du hier oben und warum weinst du? Wegen Kevin?“

Laura schluckte und sagte von Kevin kein Wort. „Mama, ich habe mein Handy verloren!“, beichtete sie zögerlich. Manuela runzelte die Stirn.

„Schon wieder?“

Laura nickte verschämt. „Tut mir leid!“, flüsterte sie.

Manuela schüttelte irritiert den Kopf. „Ich verstehe das nicht!“, sagte sie. „Da bist du die letzten beiden Wochen offensichtlich prima ohne ausgekommen, dann finde ich das Ding zwischen deinen Plüschtieren in der letzten Umzugskiste, lege es dir extra auf die Flurkommode und dann verlierst du es am gleichen Tag! So schusselig kann man doch gar nicht sein!“

Laura starrte sie mit offenem Mund an. „In der Kiste mit den Plüschtieren?“, hauchte sie. Manuela nickte. „Ja. Nur gut, dass ich dich nie auf dem Ding anrufe! Du musst wirklich besser aufpassen, Laura. Du weißt doch selbst, wie teuer diese Geräte sind, es darf ja auch nicht irgendeins sein. Wenn du das Teil auch noch verlierst, dann gibt es vorläufig kein neues. Und wenn du mir besser zuhören würdest und nicht die ganze Zeit so super-sauer-schlechtgelaunt wärest, dann hättest du es heute früh schon eingesteckt, als ich es dir nämlich zum ersten Mal gesagt habe!"

Manuela erhob sich schwerfällig und ließ uns kopfschüttelnd allein, während ich über das staunte, was mit Lauras Gesicht geschehen war: Sie strahlte! Dann stürmte sie die Treppe hinab, während ich ihr ganz in Ruhe folgte. Doch unten war Lauras gute Stimmung schon wieder gekippt.

„Hier liegt aber nichts!", flüsterte sie. „Jemand muss es weggenommen haben! Was mache ich denn nun? Bitte, Miezi, hilf mir suchen, ja?"

Laura und ich suchten wirklich alles ab: ohne Erfolg.

Donnerstagmorgen hatte Jonas für alle eine Überraschung parat.

„Wo ist denn Onkel Ernst?", wollte er aufgeregt wissen. „Heute müssen wir doch das erste Türchen vom Adventskalender öffnen! Es ist doch der 1. Dezember!"

Er sprang auf und kam schon in kürzester Zeit mit Laura, dem Professor und sogar Otto im Schlepptau wieder zurück.

„Du hast einen Adventskalender gebastelt?", hörte ich Laura ihren kleinen Bruder ungläubig fragen. „Für mich?"

„Ja!", erklärte der stolz. „Für jeden habe ich einen gebastelt! In der Schule! Frau Köhler hat uns geholfen! Und Frau Köhler hat gesagt, dass sich unsere Familien ganz doll darüber freuen werden!"

„Na, wenn Frau Köhler das sagt!", brummte Manuela.

Ich hatte es gehört und Andreas auch, Jonas zum

Glück nicht. Dann überreichte er jedem stolz einen Adventskalender. Selbst Otto und mir!
„Haustiere gehören zur Familie!“, erklärte er dazu oberschlau. „Das sagt Frau Köhler!“ Nun, so unsympathisch war die Frau Lehrerin mir nun gar nicht mehr. Manuela war total gerührt. Ihr Adventskalender bestand aus vierundzwanzig kleinen Jutesäckchen, die mit rosa und blauen Schleifchen verziert waren. Onkel Ernst bekam vierundzwanzig kleine Päckchen, von denen einige etwas verunglückt aussahen.
„Ich hatte nicht so viel Kleber!“, erklärte Jonas und reichte Laura ihr Exemplar: kleine Stoffsäckchen aus allen möglichen Materialien.
„Hübsch bunt!“, lobte sie ihren kleinen Bruder und für einen Moment vergaß sie sogar ihren Kummer. Andreas durfte sich über Umschläge freuen, in denen sich seine Adventsüberraschungen verbargen, während Jonas für Otto und mich ebenfalls kleine Beutelchen parat hatte.
„Nun müsst ihr in die Eins gucken!“, verlangte er, während er alle gespannt beobachtete. Als sich keiner so recht traute, machte Manuela den Anfang.
„Dein Kalender steht auf dem Sideboard, mein Schatz!“ Sie zeigte auf einen großen Pappkalender. „Mit schnöder Schokolade gefüllt!“, erklärte sie lächelnd. Jonas stürzte sich sofort darauf, und alle nutzten die Gelegenheit, ihre Päckchen, Tütchen und Umschläge zu öffnen. Alle außer Otto und mir, denn zumindest ich scheiterte am Verschluss.
„Ich helf dir mal, Miezi!“, bot sich Jonas jedoch großzügig an und schnürte mein und Ottos Beutelchen auf.

In meinem befand sich eine Kaustange und Otto freute sich über ein Stück Kokosnuss.
„Frau Köhler sagt, dass Katzen so was brauchen!“, erklärte mir Jonas eifrig. „Und was Papageien mögen, habe ich extra im Lexikon nachgeschlagen! Hat Frau Köhler gesagt. Dass man das machen muss!“
„Frau Köhler, Frau Köhler!“, echote Otto begeistert und fing sofort an zu mampfen. Und ich stürzte mich auf meine Kaustange.
„Obst ist gesund!“, sagte Jonas zu seinem Vater, als der sich über die schon leicht verschrumpelten Apfelscheiben wunderte, die er aus seinem Kalender fischte. „Ganz hat der Apfel da nicht reingepasst!“, erklärte Jonas. Und fügte voller Stolz hinzu: „Deinen habe ich zuerst gemacht!“
Andreas mühte sich sichtlich, Jonas angemessen zu danken. „Du hast dir sehr viel Mühe gegeben!“, lobte er. Jonas strahlte, während Andreas seine Schrumpelapfelscheibchen zur Seite legte. „Das ist viel zu schade zum Essen!“, verkündete er.
Manuela drehte derweilen ihre Erdnuss ratlos hin und her. „Nüsse enthalten wichtige Sachen, gerade wenn man schwanger ist!“, erklärte Jonas.
„Und das sagt auch Frau Köhler?“, murmelte Manuela.
Jonas nickte eifrig. „Sie sagt, dass du jetzt ganz besonders viele gute Sachen brauchst, wegen dem Baby!“
„Du hast dir so viel Mühe gegeben, mein Schatz, das ist ganz lieb von dir!“, schniefte Manuela gerührt und zog ihren Jüngsten in ihren Arm. Und weil der erste Adventskalenderöffnungstag war, ließ Jonas sich ihre

Zärtlichkeiten sogar gefallen. Sonst bestand er immer darauf, dass er doch schon ein großer Junge und damit viel zu alt zum Rumknuddeln war. Nur Laura zog derweilen ein Gesicht wie sieben Tage Regenwetter.
„Was soll das denn?“, fragte sie und hielt einen beschriebenen Zettel in die Luft. Darauf stand:

Heut öffnet sich das erste Türchen
im Adventskalender.
Es folgt ein strahlender
Dezember.
– H. W. –

Laura starrte Jonas an. „Das ist jetzt aber nicht dein Ernst, oder?“
Andreas schluckte, Manuela verkniff sich ein Kichern und der Professor war auch sichtlich überrascht. Nur Jonas blieb gelassen.
„Du brauchst Aufmunterung. Und Frau Köhler sagt, dass hübsche Sinnsprüche jeden aufheitern. Los, nun sei heiter! Ich habe mir ganz viel Mühe gegeben!“
Nun musste sogar Laura lachen und knuffte ihren Bruder liebevoll. „Du kommst vielleicht auf Ideen!“
Das dachte der Professor wohl auch, als er seine ungewöhnliche Gabe in Augenschein nahm. Otto blieb vor Überraschung der Schnabel offenstehen, denn der Professor zog aus seinem Päckchen eine einzelne Gebissreinigungstablette.
„Nett“, schnaubte er und murmelte ein paar Dankesworte, die allerdings von Lauras Kichern übertönt wurden.

„So was kann man immer gebrauchen!“, sagte Jonas leicht eingeschnappt.
„Sagt Frau Köhler!“, setzte Manuela lachend hinzu.
„Nein, Konstantin!“, widersprach Jonas. „Der sagt, sein Opa nimmt das immer! Und der ist noch nicht mal so alt wie Onkel Ernst!“
Um zu verhindern, dass die fröhliche Stimmung letztendlich doch noch kippte, trieb Andreas nun alle zur Eile an.

In den folgenden Tagen kam Manuela so richtig in Dekorationsstimmung. Was sicher mit dem weißen Zeug zu tun hatte, das Jonas Schnee nannte und das immer mal wieder vom Himmel fiel.
„Ich liebe Advent!“, verkündete sie lauthals und legte los: Kugeln, Kerzen, Engel, Weihnachtssträuße – das ganze Programm, wie Otto bemerkte.
„Hier sieht es aus wie in einem Kaufhaus!“, murrte der Professor und verzog sich in sein Arbeitszimmer. Dabei stolperte er über Jonas' selbstgebasteltes Stöckchen. Er hob es auf und betrachtete es kopfschüttelnd.
„Man muss den Jungen wirklich anders beschäftigen!“, stellte er zu meiner Freude fest. „Du bist eine Katze, kein Hund. Ich lass mir was einfallen!“, versprach er mir. Dann wagte sich Manuela mit einem Weihnachtsgesteck in der Hand tatsächlich in das Arbeitszimmer des Professors.
„Hier soll es doch auch ein bisschen weihnachtlich aussehen!“, argumentierte sie.

„Schön, dann lass es hier!“, gab er sich geschlagen. „Wenn es dir Freude macht. Aber sag mal, der Jonas, der bastelt doch so gerne, nicht wahr?“
Manuela zog sofort die Stirn kraus. „Ja, am allerliebsten mit Frau Köhler!“
„Nun, die kann ich ihm nicht bieten, es sei denn, du willst sie zum Adventskaffee einladen, aber ich könnte mir vorstellen, dass Jonas Freude daran hat, mit mir die Geburtskirche nachzubauen. Was meinst du?“
Manuelas Gesicht hellte sich sofort wieder auf.
„Eine wunderbare Idee, Onkel Ernst! Ich bin zum Basteln wirklich nicht zu gebrauchen, aber wenn du das mit ihm machen würdest? Oh, das wäre toll! Jonas hätte sicher jede Menge Spaß! Nur die Köhler soll bleiben, wo der Pfeffer wächst!“
Der Professor lachte. „Einverstanden! Und wenn er möchte, kann er seine kleinen Freunde gern mitbringen, es schadet nicht, wenn sie noch nebenbei ein bisschen was lernen, nicht wahr?“
Damit war der Tag für Manuela gerettet. In Windeseile telefonierte sie mit den Müttern von Felix und Konstantin, dann flanierte sie in glücklicher Weihnachtsdekorationsstimmung weiter, mit Lametta und allerlei anderem Zeugs bewaffnet, durchs Haus und belegte so ziemlich jeden freien Platz mit einem Gesteck, einem Weihnachtsengelchen oder einer Kerze.

Als Jonas mit seinen Freunden im Schlepptau aus der Schule kam, dirigierte sie der Professor geschickt nach oben und eröffnete ihnen, was er sich ausgedacht hatte.

Mit allerhand spannenden Geschichtchen machte er ihnen den Nachbau der Geburtskirche schmackhaft.
„Aber eins verstehe ich nicht!“, stellte Jonas am Ende seiner Ausführungen skeptisch fest. „Warum gibt es eine Geburtskirche, wenn doch Jesus in einem Stall geboren wurde?“
Der Professor lächelte milde. „Das ist eine wirklich gute Frage, mein Junge!“, freute er sich. „Also, lass es mich euch so erklären. In der damaligen Zeit wurden Felshöhlen gern als Ställe genutzt. Dort brachte man die Tiere unter, auch die Futterkrippen natürlich. Und als Josef und Maria in die Stadt kamen, fanden sie keine Herberge mehr, wie ihr wisst, und Jesus wurde in einem Stall geboren und in eine Futterkrippe gelegt, weil Maria keine Wiege für ihn hatte. Und später haben die ersten Christen in ihrer Verehrung an der Stelle, wo sich der Stall befunden hat, eine Kirche gebaut. Die besagte Höhle, der Stall, ihr erinnert euch, ist unter der Kirche, im Keller sozusagen. Und diese Kirche bauen wir nach! Ich bin sicher, eure Frau Köhler wird begeistert sein!“
Allein die Erwähnung ihrer geliebten Klassenlehrerin ließ die Augen der Jungs strahlen und sie versprachen, mit Feuereifer bei der Sache zu sein.
Die vier verschwanden im Arbeitszimmer und tauchten erst gut zwei Stunden später wieder auf.
„Wir gehen einen Schneemann bauen!“, hörte ich Jonas rufen, als sie die Treppe hinunterpolterten. Ich hatte gedöst und machte mich nun bereit für meinen allerersten Spaziergang durch den Schnee.

Der Schnee war nass und kalt. Meine Pfoten versanken augenblicklich in dieser weißen Masse. Warum hatte mich denn keiner gewarnt? Es war der erste Winter meines Lebens, mein erster Schnee überhaupt, und ich fand ihn furchtbar. Er hatte alles unter sich begraben: Beete, Wege, alle Pflanzen und sogar die Sträucher sahen aus wie die bezuckerten Weihnachtsplätzchen, die Erika Rode am Tag zuvor angeschleppt hatte. Ich schlich auf dem geräumten Pfad bis zum Gartentor und steckte mein Kopf durch den Zaun. Plötzlich sah ich draußen im Sonnenlicht etwas funkeln. Neugierig zwängte ich mich durch die Metallstreben. Manuelas Perlenkette, die mit dem riesigen goldenen Kreuz, die sie am Sonntag extra zum Adventssingen herausgekramt hatte! Die gehörte hier nun weiß Gott nicht hin! Ich schnappte mir das gute Stück und brachte es ins Haus. Direkt zu Manuela, die schon seit dem Morgen auffallend schlechte Laune hatte. Hoffentlich hatte sie sich nicht bei Laura angesteckt! Aber das hier würde sie aufmuntern, da war ich mir sicher. Stolz und voller Vorfreude – vielleicht gestand sie mir ja vor lauter Dankbarkeit sogar noch eine Extraportion meiner Lieblingsthunfischstückchen zu – überraschte ich sie in der Küche.

„Wie kommst du denn zu meiner Kette, Miezi?“, fragte sie jedoch streng. „Das ist kein Spielzeug, verstanden? Hast du sie etwa in den Garten verschleppt? Himmel, Miezi, die habe ich zur Hochzeit bekommen! Von meiner Großmutter! Das Kreuz ist aus massivem Gold, hast du eine Ahnung, was das heute wert ist?

Unbezahlbar sage ich dir, vom Erinnerungswert ganz abgesehen! Aber so was weißt du natürlich nicht, du bist ja bloß eine Katze!"
Sie funkelte mich richtig böse an und ich schluckte. Wieso glaubte sie, ich hätte damit gespielt?
„Das geht so nicht, Miezi!", schimpfte sie weiter. Oh je, ihre Laune war nun noch weiter gesunken! „Egal, was Onkel Ernst dir früher erlaubt hat und was nicht, jetzt werden hier keine Gegenstände mehr eigenmächtig zum Spielzeug erklärt und verschleppt! Erst recht keine wertvollen Schmuckstücke!"
Manuela schien ernsthaft sauer auf mich zu sein. Doch die Situation spitzte sich noch weiter zu, denn während Manuela noch schimpfte, kam der Professor die Treppe herab.
„Onkel Ernst, kommst du mal!", rief Manuela energisch und warf mir einen tadelnden Blick zu. Vor lauter Angst zitterten mir die Barthaare. Was, wenn jetzt alles aufflog?
„Onkel Ernst, warum hast du mir nicht gesagt, dass Miezi alles nach draußen verschleppt?", fuhr sie ihren Onkel an. Der Professor schaute sprachlos von Manuela zu mir, zur Perlenkette und zurück.
„Also, *alles* ist vielleicht doch ein bisschen übertrieben!", reagierte er dann etwas lahm. „Vielleicht darf man bei einer Katze im Haus eben so etwas nicht herumliegen lassen!"
Manuela holte tief Luft, und ich fürchtete schon die nächste Gefühlsexplosion, doch sie sagte gar nichts. Sie warf uns, das heißt dem Professor und mir, nur

einen nicht sehr freundlichen Blick zu, drehte sich um und ging.
„Ich schaue noch mal bei Angelika vorbei, wir müssen ihre nächste Ausstellung vorbereiten. Habe ich dir schon gesagt, dass sie wunderbare Bilder malt?“ Doch das bekam Manuela sicher gar nicht mehr mit. Ich verzog mich zu Otto und klagte ihm mein Leid.
„Aber ich habe Manuelas Kette doch gar nicht verschleppt!“, beendete ich meinen Bericht. Otto nickte.
„Aber wie kommt sie dann hinter den Gartenzaun?“, fragte er zu Recht. Ich schüttelte verzweifelt den Kopf.
„Keine Ahnung. Jemand muss sie mitgenommen haben!“ Otto pickte zwei Körner auf. „Hm“, meinte er, „dann müssen wir das eben herausbekommen!“
Ich nickte. Ja, natürlich. „Aber wie?“, fragte ich verzweifelt. Darauf wusste Otto auch keinen Rat und ich beschloss, einfach künftig alles sehr genau zu beobachten. Wer auch immer dahintersteckte, brachte mich in Verruf. Beinahe wäre herausgekommen, dass ich gar nicht in diese Familie gehörte. Wer konnte schon sagen, wie schnell man mich dann an die frische Luft befördern würde? Deprimiert wollte ich mich zu Laura zurückziehen, doch die war noch nicht zu Hause.

Und als ob der Tag nicht schon schlimm genug war, wurde der Abend noch schlimmer. Denn auch um neun war Laura noch nicht zurück.
„Also, ich rufe sie jetzt auf ihrem Handy an!“, verkündete Manuela erbost. „Im letzten Bus war sie nicht. Was fällt ihr ein, uns so einen Schreck einzujagen?“

Das gab neuen Ärger, ahnte ich. Denn Manuela ging natürlich davon aus, dass Laura ihr Telefon wiedergefunden hatte. Erwartungsgemäß ging sie nicht ran, was Andreas und Manuela in helle Aufregung versetzte. Dann schneite auch noch Erika Rode herein, die von Andreas allerdings im Flur abgefangen wurde.
„Tut mir leid, ehrlich, aber jetzt ist es gerade ganz schlecht. Wir suchen Laura!“, informierte er sie, worauf sie sofort ihre Hilfe anbot.
„Sie können in der Gegend herumtelefonieren und alle Nachbarn fragen, ob sie sie gesehen haben!“, bat Manuela. Sie war inzwischen völlig aufgelöst und machte sich die größten Sorgen. „Aber telefonieren Sie bitte von Ihrem Telefon aus, die Leitung hier muss für Laura frei bleiben!“ Erika Rode nickte und verzog sich, umständlich und in Zeitlupe. Indes wurde es immer später. Kurz nach zehn war die Spannung kaum noch auszuhalten und Manuela sichtlich am Ende.
„Da kann doch wer weiß was passiert sein!“, stöhnte sie, hielt sich ihren dicken Bauch und weinte. Andreas wusste vor Schreck gar nicht, was er zuerst machen sollte, und auch der Professor war noch nicht zurück.
„Kommt Laura denn jetzt gar nicht mehr wieder?“, fragte Jonas, den in der Aufregung noch niemand ins Bett geschickt hatte. Andreas sah ihn bloß hilflos an. Dann wurde es auf einmal höchst turbulent vor dem Haus, denn ein Streifenwagen der Polizei fuhr vor. Und daraus stieg eine sichtlich mitgenommene Laura. Im gleichen Moment kehrte auch der Professor zurück. Alle, einschließlich Jonas und mir, versammelten

sich vor dem Haus, doch Laura sagte kein Wort. Sie schlich schweigend an ihren Eltern vorbei.
„Komm, Miezi!“, flüsterte sie und schnappte mich. Was war da nur passiert?

Liebeskummer und Engel aller Art

„Glaubst du, sie schläft?“, hörte ich Manuela und Andreas tuscheln, als ich aus Lauras Zimmer schlich. Es war mitten in der Nacht, und die beiden waren immer noch wach und besorgt. Die Beamten, die Laura nach Hause gebracht hatten, konnten auch nicht viel zur Aufklärung beitragen. Sie hatten Laura zufällig aufgegriffen, als diese völlig außer sich durch die Stadt lief.

„Ich gehe jetzt zu ihr!“, verkündete Manuela. Da war es schon Mitternacht.

„Weck sie nicht!“, warnte Andreas, doch zu spät, Manuela war längst die Treppe hinaufgestiegen, schneller, als ich es ihr in ihrem Zustand zugetraut hätte. Ich sprintete hinterher. Auch wenn Manuela mich, seitdem ich ihre Kette im Garten gefunden hatte, nicht mehr ganz so lieb anschaute, scheuchte sie mich nicht weg. Sie setze sich zu Laura aufs Bett und strich ihr zärtlich übers Gesicht.

„Schatz, rede mit mir!“

Laura gab sich nicht einmal Mühe, sich schlafend zu stellen.

„Jungs sind ja so doof!“, flüsterte sie. Damit war das Eis gebrochen und sie schüttete endlich auch ihrer Mutter ihr Herz aus. Als Laura eingeschlafen war, kam Manuela endlich dazu, ihrem ungeduldigen Ehemann die Geschehnisse zu erzählen. Danach war Andreas platt.

„Du meinst, sie wollte ihren Freund – Ex-Freund oder wie auch immer – zur Rede stellen, weil der – ja was eigentlich? Sich nicht mehr gemeldet hat?"
Manuela nickte.
„Er hatte wohl plötzlich eine neue Freundin, gilt als ‚Frauenheld', der alles anbaggert, was nicht bei drei auf den Bäumen ist. Das wollte Laura natürlich nicht wahrhaben. Sie hat geglaubt, dass er sich für sie ändert."
„Meine Tochter und so ein Blödmann, ich fasse es nicht!" Andreas rieb sich müde die Augen. „Aber wie kommt sie auf den wahnwitzigen Gedanken, einfach wegzulaufen? Haben wir sie nicht so erzogen, dass sie mit allem zu uns kommen kann?" Andreas sah ratlos aus. Manuela schluckte. „Na ja, sie war von dem Umzug nicht begeistert, vielleicht haben wir das unterschätzt. Wir müssen uns mehr um sie kümmern! Immerhin, ich bin auch stolz auf sie! Sie ist nicht heulend weggerannt, sondern hat sich den Kerl vorgeknöpft und ihm die Meinung gegeigt, *meine* Tochter!"
Andreas schüttelte den Kopf.
„Ja, aber danach ist sie stundenlang heulend durch die Gegend gelaufen. Von *meiner* Tochter hätte ich erwartet, dass sie mich sofort anruft, damit ich sie abhole! Und mir den Kerl selbst vorknöpfe! Wie kommt er dazu, sie so zu behandeln? Und wieso geht sie eigentlich nicht an ihr Handy? Hauptsache, sie hat das neueste Gerät, weil ihre Freundinnen es haben! Aber da ruft man einmal an, und was passiert? Nichts! Ausgeschaltet!"
Oh je! Wie gern hätte ich Andreas gesagt, dass Laura nicht hatte anrufen können und natürlich auch nicht

angerufen werden konnte ohne Handy! Ich beschloss, den Rest der Nacht nicht auf meiner Decke, sondern vor Lauras Bett zu schlafen. Sicherheitshalber, wer weiß, was ihr noch so einfiel.

„Schau mal, Miezi hat sich gar nicht weggetraut!“, wurde ich von Manuelas Flüstern geweckt, während ich versuchte, wach zu werden. Ich brauchte einen Moment, bis mir klar wurde, wo ich mich befand.
„Wenn du willst, kannst du heute zu Hause bleiben!“, bot sie Laura großzügig an. Wie schwer ihr dieser Vorschlag fiel, hatte ich in der Nacht noch mitbekommen, als sie mit Andreas darüber diskutiert hatte. Sie hielt es für Schuleschwänzen, andererseits tat ihr Laura leid. Auch Andreas war ihr in der Hinsicht keine Hilfe gewesen.
„Ich gehe in die Schule!“, verkündete Laura jedoch und stieg umständlich langsam aus dem Bett. „Ich lass mich doch von dem Blödmann nicht fertigmachen!“
Das klang reichlich aggressiv. Ob das nun so viel besser war als die Tränen? Jonas ging, vermutlich weil er das Tohuwabohu des letzten Abends nicht einschätzen konnte, recht unbefangen mit seiner Schwester um und drückte ihr erst mal ihren Adventskalender in die Hand.
„Noch ein Spruch zur Erbauung?“, fragte Laura.

Wer den größten Pinsel besitzt,
ist noch lange nicht der beste Maler.
– Alfred Kumpf –

„Aha!", grinste sie. „Da hast du dir aber Mühe gegeben!"
Jonas lächelte verschämt und schob Laura etwas zu. „Das war heute in meinem Schokokalender. Du kannst es haben. Es ist ein Engel!"
Nun sagte keiner mehr was vor lauter Rührung. Selbst der Professor schaute nicht mehr ganz so grummelig auf die Sprudeltablette mit hohem Vitamin-C-Gehalt, die er aus seinem Adventskalender gefischt hatte. Manuela und Andreas hatten noch gar nicht nachgesehen. Immerhin, ich freute mich über die fünf Brekkies und Otto schnabulierte bereits an seinen Körnern herum.
Dann stürmten alle aus dem Haus und Manuela sah insbesondere Laura besorgt nach.

Während Manuela später mit dem Bus einkaufen fuhr, kam, was kommen musste, oder besser gesagt, wer kommen musste, nämlich Erika Rode. Doch der Professor ließ sich weder durch ihr ratloses Hin- und Herlaufen vor dem Haus noch von ihren Klingelorgien erweichen.
„Die bleibt jetzt draußen!", beschloss er und widmete sich mit großer Freude seinem Bauwerk. Er schnippelte Pappwände aus, legte ein paar kindgerechte Erklärungen parat und bereitet alles für seine kleinen Bauhelfer vor.
„Heute kommt die nicht mehr, die hat genug!", brummte er. „Ich weiß gar nicht, was Manuela an der findet! Sie hat doch sonst eine so gute Menschen-

kenntnis! Wenn das so weitergeht, zieht die noch hier ein! Der Himmel möge das verhüten!"
Schade, dachte ich mir im Stillen, dass Manuela das nicht gehört hatte, da wäre ihr sicher ein ganzer Kronleuchter aufgegangen.

Leider behielt der Professor mit seiner Annahme nicht Recht, denn zusammen mit Manuela erschien Erika Rode doch wieder auf der Bildfläche. Mit Manuelas Einkaufstüten in der Hand.
„Sie sollten in Ihrem Zustand wirklich nicht so schwer tragen!", riet sie Manuela.
Während Manuela noch ihren Mantel ablegte und die Straßenschuhe auszog, rumorte Erika Rode bereits in der Küche. Ihre Tasche hatte sie auf dem Tisch platziert.
„Ich koche schon mal Tee!", erklärte Erika Rode zuckersüß und begann dann, über belangloses Zeug aus der Vergangenheit zu plaudern. Und wie zufällig landete sie bei ihrem Lieblingsthema, dem Professor.
„Früher war er irgendwie mehr an seiner Umgebung und Nachbarschaft interessiert", stellte sie fest.
„Ach, das ist interessant", reagierte Manuela wie erwartet. „Ich habe immer noch ein schlechtes Gewissen, weil er doch so alleine war hier draußen!" Ich befürchtete schon eine neue Tränenflut, doch der vehemente Einspruch von Erika Rode erstickte diese im Keim.
„So schlimm war es ja nicht, und dann ist da ja noch Tim, der ihn jederzeit fährt und auch sonst alles Mögliche für ihn erledigt. Und einsam war er ganz be-

stimmt nicht! Ich habe mich schließlich um ihn gekümmert, so gut ich konnte, aber er ist ja so eigen." Sie machte eine kurze Pause. „Irgendwie scheu und eben ... na ja, ein Junggeselle."
„Aha, ich verstehe", sagte Manuela. Allerdings widersprach ihr verwirrter Gesichtsausdruck ihren Worten ganz eindeutig.
„Jedenfalls dachte ich eine Zeit lang, er würde mein Interesse – äh – erwidern", fuhr Erika Rode fort. Sie wurde von der Türklingel unterbrochen und kurz darauf stürmte Jonas ins Haus. In der Hand einen dieser berüchtigten gelben Frau-Köhler-Arbeitsaufgaben-Zettel.
„Mama, ich brauche ein Kleid", trompetete er und wedelte mit seinem Zettel aufgeregt hin und her. Daraufhin herrschte sekundenlanges Schweigen, was, zumindest im Fall von Erika Rode, schon erstaunlich war.
„Ein Kleid?", hakte Manuela nach und besah sich den gelben Zettel.
„Ja, ein Kostüm für ein Krippenspiel! Mama, ich bin ein Engel!"
„Du? Ein Engel?", Manuela schüttelte skeptisch den Kopf.
„Ja!", bekräftige Jonas gekränkt. „Frau Köhler sagt, ich bin der perfekte Weihnachtsengel! Sie will nämlich das Krippenspiel dieses Jahr trado-zjo ..."
„Traditionell?", half Manuela lächelnd aus.
„Ja, tradozjonell gestalten! Wir üben in der Schule und am Heiligen Abend führen wir es auf!"

Manuela schluckte und ich sah, wie ihre Gedanken rotierten. Dabei starrte sie unablässig auf das Arbeitsblatt.
„Du brauchst also ein Engelskostüm?“, wollte sie es nun genau wissen.
Jonas nickte. „Ja, und ich habe auch schon den Text! Übst du mit mir?“
Nun nickte Manuela. „Klar doch!“ Es klang ein wenig ärgerlich, wie ich feststellte. Doch ihr Verdruss hatte wohl weniger etwas mit dem Textüben zu tun als mit der Nähanleitung in ihrer Hand.
„Was denkt sich diese Frau eigentlich?“, brummte Manuela. „Ich kann nicht nähen! Meine Güte, jetzt renne ich noch nach einer Schneiderin herum, ich habe ja sonst nichts zu tun!“
Jonas' Gesicht verdüsterte sich. „Alle bekommen ein richtiges Kostüm!“, beschwerte er sich.
„Klar, weil alle anderen Mütter außer mir Basteltalente und Maßschneiderinnen sind, verstehe. Also, ich werde deine Frau Köhler anrufen und fragen, inwieweit wir da improvisieren können!“
Nun war Jonas den Tränen nah. „Nein! Das will ich nicht! Das ist peinlich!“
Plötzlich mischte sich Erika Rode ein.
„Da kann ich Ihnen helfen“, bot sie sich an. „Ich kann erstklassig nähen, ein großes Hobby von mir. Lassen Sie doch mal sehen …“ Sie vertiefte sich in die Anleitung. „Das ist gar kein Problem!“, versicherte sie der staunenden Manuela. „Der Professor hat mal erwähnt, dass er noch eine alte Nähmaschine besitzt. Die kann

ich doch benutzen, oder? Meine ist nämlich leider defekt. Garn habe ich noch zur Genüge, und ich denke, dass sich auch passender Stoff auftreiben lässt."
Sie strahlte Jonas an, der sie ebenfalls noch leicht ungläubig anstarrte. „Du wirst ein ausgesprochen süßer Weihnachtsengel werden, mein Junge!", versprach sie und hatte damit bei Jonas einen Stein im Brett. Manuela hatte nun keine Chance mehr, sich ihrer Hilfe zu erwehren, selbst wenn sie es gewollt hätte.
Kurz darauf klingelten Konstantin und Felix. Leider war der Professor noch nicht startklar, sodass den Burschen noch genügend Zeit blieb, sich mit mir zu beschäftigen. Otto hatte sich ihrem Zugriff schnell entzogen und war schimpfend auf die Gardinenstange geflüchtet. Stolz stellte Jonas mich den Jungen vor.
„Sie ist ja schön, aber was kann sie denn?", fragte Felix.
„Wir trainieren noch", sagte Jonas. Er war immer noch ein bisschen traurig, dass er nicht mit seinen Freunden mithalten konnte, die beide einen Hund hatten, aber er hielt zu mir! Um mich erkenntlich zu zeigen, sprang ich auf das Treppengeländer, das im ersten Stock zweimal rechtwinklig abbog. Dort balancierte ich entlang, drehte mich am Ende gekonnt um die eigene Achse und balancierte zurück. Es sah spektakulärer aus, als es tatsächlich war, aber Jonas strahlte.
„Na, kann das vielleicht ein Hund?", fragte er seine Freunde. Ich holte meine nagelneue Spielzeugmaus aus Stoff, die ich vor zwei Tagen in meinem Adventskalender gefunden hatte, und warf sie mit den Vorder-

pfoten in die Luft. Als sie wieder am Boden gelandet war, duckte ich mich und justierte wackelnd mein Hinterteil, um dann mit einem tiefen Grollen die Maus zu „fangen“.
Nun lachten die Jungen, und Jonas platzte fast vor Stolz. Schließlich legte ich Jonas die Maus vor die Füße.
„Na, was sagt ihr jetzt?“, fragte er und hielt die Maus an ihrer grünen Wollkordel von Schwanz hoch, wobei er mich mit der anderen Hand streichelte. Dann kam endlich der Professor, besah sich skeptisch die Wollmaus, strich mir über den Kopf und nahm die Rasselbande mit in sein Arbeitszimmer.
„Wir bauen heute die Fassade!“, hörte ich ihn erklären. „Ich habe schon alles vorbereitet!“
Und während die Jungs dem Professor brav folgten, beschloss ich, einen Spaziergang zu machen. Auch wenn es eisig war, ich brauchte Bewegung.
„Komm doch mit!“, bat ich Otto. „Dich hält doch niemand hier fest.“
„Rrraaawwwrrr, vergiss das, Süße“, weigerte er sich. „Ich werde bestimmt nicht so blöd sein und mir die Füße da draußen erfrieren. Geh du ruhig alleine.“
Otto hatte Recht, es war wirklich elend kalt, dazu pfiff mir ein eisiger Wind durchs Fell. Also beschränkte ich meinen Ausflug auf das absolut Notwendige. Trotzdem entging mir die fette Maus nicht, die sich nicht einmal großartig vor mir zu fürchten schien. Meine Chance, freute ich mich. Endlich konnte ich Manuelas Gunst zurückgewinnen. Auch wenn ich nicht wusste, wie

ihre Perlenkette nach draußen gekommen war, stand ich noch unter Verdacht. Otto und ich merkten das daran, dass Manuela mehrmals täglich meinen Schlafplatz absuchte, ob sich da nicht etwas finden ließe, was sie gerade vermisste. Jetzt, so meine Überlegung, würde ich ihr das passende Geschenk präsentieren: eine dicke, fette Maus! Da die Maus offenbar nicht damit rechnete, war es ein Kinderspiel, sie zu fangen. Vorsichtig trug ich sie ins Haus. Dort wollte ich sie stolz Manuela präsentieren. Doch die empfing gerade Angelika Sperber. Auch Jonas, Felix und Konstantin standen im Flur. Egal, durchfuhr es mich, je mehr Bewunderer, desto besser. Stolz präsentierte ich Manuela mein Geschenk und legte ihr die Maus zu Füßen. Doch ihre Reaktion fiel ganz anders aus als erhofft.
„Igitt, Miezi, was ist das?“, kreischte sie. Und dann, als sie bemerkte, dass die Maus lebte, wurde sie vollends hysterisch.
„Eine Maus, Hilfe, eine Maus ist im Haus! Onkel Ernst, Hilfe, schnell …“ Sie schoss in Richtung Küche davon, und ich packte die Maus, ehe sie flüchten konnte. Der Professor kam die Treppe herab, und Otto kreischte: „Maus im Haus, Maus im Haus, oh, oh!“
Der Professor eilte in die Küche, um Manuela zu beruhigen. Und Jonas, Felix und Konstantin standen wie zur Salzsäule erstarrt im Flur und starrten auf mich und die Maus in meinem Mund.
„Will Miezi die Maus jetzt totmachen und fressen?“, flüsterte Jonas entsetzt. Vor Schreck ließ ich die Maus

fast entkommen. Der fetten Maus hätte ich selbstverständlich den Garaus gemacht. Das ist Katzenehrensache beziehungsweise einfach eine Sache des Jagdtriebs. So etwas lässt sich nur schwer unterdrücken. Gerade rechtzeitig merkte ich, dass das bei meinen Zweibeinern gar nicht gut angekommen wäre. Zum Glück kam mir Angelika Sperber zu Hilfe. Sie zog Jonas zu sich heran.

„Nein, Jonas, sieh mal, Miezi hält die Maus nur fest. Miezi ist eine Katze und draußen, in der Natur, sind Mäuse ihre Beutetiere. Diesen Instinkt verlieren sie nie ganz, auch wenn sie schon ihr ganzes Leben bei so lieben Menschen wie euch in einer Stadtwohnung gewohnt haben."

Mir stockte das Herz! Wieder so eine Anspielung, aber zum Glück stand Jonas noch unter Schock, um wirklich etwas zu verstehen, während Angelika Sperber weiter auf ihn einredete und nun auch Felix und Konstantin einbezog. „Miezi wollte euch damit eine Freude machen, weißt du. Die Maus ist ihr Geschenk an euch!"

Jonas senkte den Kopf. „Ich will aber keine Maus geschenkt bekommen!", murmelte er. „Und Mama ganz bestimmt auch nicht. Glaubst du, dass Mama jetzt sauer auf Miezi ist?"

Oh je, durchfuhr es mich, was hatte ich da nur angerichtet! Ich hatte doch nur die allerbesten Absichten! Anstatt Manuela mit meinem Geschenk wieder zu besänftigen, hatte ich sie wohl nun noch mehr gegen mich aufgebracht. Ich begann vor Aufregung zu zittern.

Die Maus in meinem Maul zappelte ängstlich, also entschied ich mich mit einigem Bedauern, sie schnell wieder draußen freizulassen. Als ich wieder zurückkam, war der Flur menschenleer. In der Küche hörte ich den Professor auf Manuela einreden. Ich schlich geknickt die Treppe nach oben, wo Otto mich kopfschüttelnd empfing.
„Eine Maus anzuschleppen, Miezi, wie bist du nur darauf gekommen?“, wunderte er sich. „Hat dir noch niemand gesagt, dass die meisten Menschen, vor allem aber Frauen, sich davor fürchten? Für sie sind Mäuse schlichtweg Ungeziefer, das im Haus nichts verloren hat. Miezi, Miezi, du machst aber auch Sachen!“

Manuela ging ich für den Rest des Tages aus dem Weg. Und sie mir auch. Erst am nächsten Morgen nach dem Frühstück schnappte sie mich.
„Hiergeblieben!“, verlangte sie und nahm mich hoch. „Jetzt hör mir mal gut zu, liebes Kätzchen! Ich mag keine Mäuse, schon gar nicht im Haus! Und wenn das nicht aufhört, dass du hier alles Mögliche rein- und rausschleppst, dann muss ich mit meinem Onkel ernsthaft reden, verstanden?“
Sie klang so streng, wie ich sie noch nie erlebt hatte. Ich mauzte kläglich, die Angst schnürte mir förmlich die Kehle zu. Was, wenn sie mich wirklich vor die Tür setzten? Es war bitterkalt da draußen! Ich kannte mich hier nicht aus, und ob ich wirklich regelmäßig eine fette Maus finden würde, war fraglich. Schließlich war Winter! Manuela gab mich wieder frei und ich schlich zu Otto.

„Sie will mich rauswerfen!“, klagte ich leise. Ich zitterte noch immer am ganzen Körper. „Dabei wollte ich ihr doch wirklich nur eine Freude machen! Und das mit der Kette, das war ich doch gar nicht!“
Otto nickte mitfühlend. „Sie ist reizbar, wir müssen vorsichtig sein!“, stellte er fest.
„Und Lauras Handy wiederfinden!“, beschloss ich. „Und am besten auch noch aufklären, wie Manuelas Kette Beine bekommen konnte!“
Unsere Überlegungen wurden unterbrochen, als Manuela lautstark Jonas ins Gebet nahm.
„Aber es kann doch nicht sein, dass du deine Playstation einfach nicht wiederfindest!“, hörten wir sie schimpfen. „So winzig ist das Teil doch nicht! Und du spielst doch dauernd damit, da wirst du doch wohl noch wissen, wo du sie zuletzt gesehen hast?“
Jonas war völlig aufgelöst, aber zum Glück kamen gerade seine beiden Freunde. Seine Miene erhellte sich sofort, während mir ein ganz böser Verdacht kam. Jetzt war neben Lauras Handy auch noch Jonas’ Dingsbums verschwunden! Und so wie Manuela sich aufregte, war das Teil vermutlich teuer. Trieb hier etwa ein Dieb sein Unwesen? Schnell verdrängte ich den Gedanken wieder – nein, nicht bei meiner Familie! Manuela hatte inzwischen weitergesprochen: „Schön, dann bastelt jetzt mit Onkel Ernst! Aber überleg noch mal genau, wo du deine Playstation hingelegt hast, ja? Einfach eine neue kaufen, ist nicht!“
Jonas versprach es und trollte sich. Später, der Professor und die Jungs bastelten fröhlich vor sich hin, er-

schien nicht nur Angelika Sperber, sondern mit ihr auch Tim Reutling. Ohne viele Worte gingen sie ebenfalls ins Arbeitszimmer.
„Tim will dir ein Update für deine Datenbank aufspielen!“, erklärte Angelika Sperber dem Professor. In der Hand hielt sie einen Skizzenblock, mit dem sie sich mir gegenüber niederließ.
„Und während du mit deinen kleinen Fans weitermachst, dachte ich, dass ich Miezi vielleicht malen könnte. Hast du was dagegen?“
Der Professor zuckte ratlos die Schultern. „Keine Ahnung, da musst du schon Manuela fragen, die hat sie hier angeschleppt!“
Meine Kehle wurde ganz trocken, doch zum Glück sprang Otto für mich in die Bresche.
„Miezi malen, Miezi malen!“, echote er.
Ich brachte mich also in Positur und hielt die nächsten zwanzig Minuten still, während Angelika Sperbers Bleistift über das Papier kratzte. Stillzuhalten fiel mir nicht schwer – wir Katzen sind Meister darin. Ich hatte mich auf einen Sessel gelegt, die Augen geschlossen und die Ohren gespitzt, um weiterhin alles mitzubekommen. Als das Geräusch des Bleistifts verstummte und Angelika Sperber fertig war, sprang ich auf. Mir war eine gigantisch gute Idee gekommen, wie ich Laura helfen konnte. Schnell erklärte ich Otto meinen Plan. Tim kannte sich ja offenbar mit Computern bestens aus – was sprach eigentlich dagegen, dass er Laura half?
„Computeralarm, Virus, Virus!“, trällerte Otto nun genüsslich laut. Und verfehlte damit seine Wirkung nicht.

Der Professor, Angelika und auch Tim kamen angelaufen. Letzterer sah sich irritiert um.
„Mensch, Otto, du hast doch gar keinen Computer!“, stellte er grinsend fest. „Du musst uns auch immer wieder reinlegen!“
Otto gluckerte heimtückisch. „Laura, Laura!“, flötete er dann. Nun kam endlich auch der Professor drauf, was Otto meinte.
„Ach, das Mädchen ist momentan völlig durch den Wind!“, klärte er Tim auf. „Und ich glaube, ihr Computer geht nicht. Vielleicht kannst du ja mal einen Blick draufwerfen?“
Tim nickte, wobei sein Gesicht hellrot anlief. „Ähm, klar, wenn du meinst!“
Angelika Sperber nickte ihm aufmunternd zu und ich schritt voran, um ihm Lauras Zimmer zu zeigen. Er klopfte zögerlich, ich kratzte an der Tür und miaute. Es half, Laura öffnete uns und starrte Tim irritiert an. „Du?“, fragte sie überflüssigerweise. Nun wurde er knallrot. Oh je, was war der schüchtern! Er stotterte ein bisschen herum, dann ließ ihn Laura passieren. Vermutlich eher aus Mitleid, denn dass sie verstanden haben könnte, was er wollte, war eher unwahrscheinlich. Immerhin fand er seine Sprache wieder, als er ihren Computer sah.
„Onkel Ernst sagt, er geht nicht!“ Tim deutete auf den Computer und Laura nickte.
„Na, ja, er geht schon, aber das Internet funktioniert nicht. Da muss was konfiguriert werden, aber ich weiß nicht, wie man das macht, und Papa hat davon auch

keine Ahnung. Und seitdem die Elektriker hier herumgebastelt haben, ist die Dose auch noch weg, in die ich das Kabel reinstecken muss!"
Tim nickte. „Darf ich?"
Laura war zwar überrascht, ließ ihn jedoch gewähren. Tim tippte auf der Tastatur herum, misstrauisch beäugt von Laura und mir. Immerhin sah er so aus, als wüsste er, was er tat.
„Das Problem ist der Anschluss!", erklärte er nach einer Weile. „Du hast hier oben W-Lan, doch es kann keine Verbindung zum Router hergestellt werden. Diese Verbindung hier gehört zu euch." Er deutete auf einen Eintrag mit vielen grünen Balken. „Wahrscheinlich war dein Rechner noch nie mit dem W-Lan verbunden. Ich brauch dafür bloß die Zugangsdaten; die hab ich aber daheim. Das kriegen wir hin."
Laura war sichtlich beeindruckt. Und mir schwirrte der Kopf von dem ganzen Technikkram.
„Das wäre echt nett von dir, wenn du das hinkriegst!", flötete Laura und sah nun richtig liebenswürdig aus. Tim schenkte ihr ein schüchternes Lächeln, dann verkrümelte er sich wieder. Und zurück blieb eine nicht mehr ganz so unglückliche Laura.
„Miezilein, wenn er das Netz zum Laufen kriegt, bin ich wieder online!", freute sie sich und kraulte mir den Kopf. „Dann kann ich wieder chatten!" Auch wenn ich keine Ahnung hatte, was sie damit meinte, ich freute mich mit ihr. Und ehrlich, Tim sah auch nicht ganz unglücklich aus bei der Vorstellung, wiederkommen zu müssen.

Am nächsten Morgen war es Jonas, der in aller Himmelherrgottsfrühe einen Riesenlärm veranstaltete.
„Der Nikolaus!“, verkündete er unüberhörbar.
„Ja, ja, Nikolaus!“, grummelte Otto verschlafen, während die Neugier meine Müdigkeit besiegte. Ich tappte die Treppe hinab und war perplex, denn da war niemand! Außer Jonas versteht sich, der mit seinen Schuhen beschäftigt war.
„Sieh mal, Miezi, was mir der Nikolaus gebracht hat!“ Jonas hielt mir Schokolade, Lebkuchen und eine Packung Knetmasse unter die Nase. „Ist das nicht toll?“ Klar doch, aber wo war der Herr Nikolaus? Während sich nun auch Laura und Manuela lautstark bei dem fleißigen, aber leider unsichtbaren Herrn bedankten und sich über seine Gaben freuten, kam mir das alles immer merkwürdiger vor.
„Laura hat einen Gutschein über Klingeltöne bekommen und in Manuelas Stiefeln steckte eine Flasche Sprühsahne! Geschmacksrichtung Schokolade!“, berichtete ich Otto. Der kicherte, dass er fast von der Stange fiel. „Oh Miezi, du bist ja wirklich völlig ahnungslos!“ Er lachte und lachte und kriegte sich gar nicht mehr ein. „Nikolaus ist ein alter Brauch. Ein richtiger Herr Nikolaus kommt doch gar nicht!“, erklärte er mir dann immer noch lachend. „Die Menschen stecken sich gegenseitig kleine Geschenke in die geputzten Stiefel und behaupten dann hinterher, der Nikolaus sei's gewesen! Das Ganze geht auf den heiligen Nikolaus von Myra zurück, glaube ich. Aber so genau weiß ich es auch nicht.“

Erika Rode war – Nikolaus hin oder her – derweilen fast ständig anwesend. Sie errichtete eine Art Feldschneiderei in der Küche und ließ den ganzen Tag die Nähmaschine rattern. Das führte wiederum dazu, dass der Professor die Küche nur im Notfall betrat. Laura bemerkte es, Jonas auch, nur Manuela schien blind dafür zu sein – aber vielleicht war sie auch nur dankbar, dass Erika Rode ihr Kostümproblem löste. Währenddessen entwickelte sich für mich ein anderes Problem: Ich geriet unter Verdacht! Bei Manuela natürlich und das bei jeder sich bietenden Gelegenheit. Wann immer sie etwas vermisste, suchte sie zuerst in meiner Schlafecke danach.

„Sie ist eine Katze, keine diebische Elster!", sprang mir Andreas zur Seite, der sich derweilen um Konstantin sorgte und das auch unbedingt mit Manuela besprechen wollte.

„Aber hast du nicht die blauen Flecke an seinem Unterarm gesehen?", fragte er erstaunt. Manuela schüttelte den Kopf. „Nein, ehrlich nicht. Aber ich krieg das raus!" Und richtig, gleich am nächsten Tag stand sie wie zufällig parat, als die Burschen kamen und ihre Jacken auszogen.

„Was hast du denn hier gemacht?", wollte sie wissen und schob Konstantins verrutschten Ärmel ein Stück nach oben. „Das ist ja ein gemeiner blauer Fleck. Der tut doch sicher weh, oder?"

Konstantin schüttelte den Kopf. „Nein, gar nicht. Da bin ich beim Sport blöd hingefallen!"

Jonas nickte zur Bekräftigung und schon sausten die Jungs davon. Zurück blieben eine leicht irritierte Manuela und ich. Und ich für meinen Teil machte, dass ich mich aus der Gefahrenzone begab.

Trotz intensiver Bemühungen schaffte es Tim nicht, Lauras Internet schnell zum Laufen zu bringen. Was diese allerdings auf einmal nicht weiter zu stören schien. Und um Manuela keine Angriffsfläche zu bieten, machte ich mich ihr gegenüber, so gut es ging, unsichtbar. Fast eine ganze Woche tigerte ich auf Samtpfoten durchs Haus und hoffte inständig, dass sie mich endlich wieder lieb hatte. Ich wollte doch so gern bleiben dürfen und nicht ständig Angst haben müssen, dass mein Geheimnis aufflog und ich aus dem Haus geworfen wurde. Oder dass Manuela einen anderen Grund fand, mich vor die Tür zu setzen. Als sie zwei Tage lang meine Schlafecke nicht mehr kontrollierte, schöpfte ich wieder Hoffnung.
In der Nacht zum Samstag am dritten Adventswochenende drehte dann Otto voll auf. Ich träumte gerade von Kaustangen und anderen Leckerbissen, als ich plötzlich meine Trockenfutterdose klappern hörte. Ich stürzte hinunter in die Küche, doch dort war niemand, es brannte noch nicht einmal Licht. Kaum wieder oben hörte ich, wie der Verschluss einer Futterdose aufploppte. Nun dämmerte es mir.
„Otto, warum tust du das?“, wollte ich wissen, nachdem ich mittlerweile so hungrig war, dass ich schon die Minuten bis zum Frühstück zählte.

„Weil das meine Kunst ist“, erklärte er. „Die Menschen lieben uns Papageien deswegen. Graupapageien können buchstäblich alle Geräusche nachmachen.“

„Sehr eindrucksvoll“, gab ich zu.

Er legte den Kopf in den Nacken, schloss die Augen, und dann klingelte das Telefon unten in der Diele. Ich hörte Manuela hinlaufen und den Hörer abnehmen. „Hallo?“, schnaufte sie. Otto hörte auf zu klingeln.

„Hör auf“, verlangte ich. „Manuela braucht ihre Ruhe!“

Doch die bekam sie auch am Tag nicht, denn Andreas hatte ein paar Kollegen zum Adventskaffee geladen. Leider ohne Manuela Bescheid zu sagen. In der Küche ratterte Erika Rode an der Nähmaschine herum, Laura erbarmte sich und kochte Kaffee für die ganze Gästeschar, während der Professor Jonas bei seinem Krippenspieltext half. Als endlich wieder Ruhe einzog, wirkten alle irgendwie erleichtert.

„Morgen will ich nur noch ausschlafen!“, verkündete Manuela. „Und du machst als Wiedergutmachung Frühstück!“

Andreas nickte ergeben. „Sicher, Schatz!“, versprach er.

„Ehe ich es vergesse“, störte der Professor unfreiwillig die romantische Stimmung, „ich habe Tim und seinen Jungs gesagt, dass es kein Problem ist, wenn sie morgen hier üben. Danach kümmert er sich um Lauras Internet.“

„Seine Jungs?“, hakte Andreas prompt nach.

„Kommilitonen von ihm!“, erklärte der Professor kurz angebunden. „Oder ist das ein Problem?“

„Nein, gar nicht“, versicherten ihm Manuela und Andreas im Duett.
„Das klingt so richtig schön harmlos, im Gegensatz zu dem, was Laura jetzt schon abzieht!“, murmelte Andreas und zog Manuela zärtlich an sich. „Was können Theologiestudenten schon groß üben? Bibeltexte? Aber wenn er Lauras blödes Internet hinkriegt, dann koche ich den Jungs sogar eigenhändig eine Kanne Kaffee!“
Mir grummelte es plötzlich in sämtlichen Eingeweiden – irgendetwas sagte mir, dass sich Andreas damit ganz gewaltig täuschte.

Überraschungen

„Was um Himmels willen ist das?“ Andreas’ markerschütternder Schrei war fast noch lauter als die Bässe, die plötzlich durchs Haus dröhnten. Sekundenlang bebte der Fußboden, dann folgte gespenstische Stille, unterbrochen wenig später von ohrenbetäubendem Quietschen.

„Sie pegeln das gleich wieder aus!“, rief mir Otto über den Lärm hinweg zu. Offenbar kannte er das Geräusch schon, denn im Gegensatz zu allen anderen brachte es ihn keineswegs aus der Fassung.

„Ab und zu übt Tim mit seinen Jungs im Keller!“, erklärte er mir ein paar Augenblicke später. Nun bebte zwar noch der Fußboden, doch der Lärm war zurückgegangen. Sonntagsruhe war sicher immer noch etwas anderes, aber man konnte sich nun schon wieder unterhalten, ohne sich anschreien zu müssen.

„Ach, diese blöden Handwerker!“, hörte ich den Professor fluchend aus dem Keller stürmen. „Haben alles verstellt, verdammt noch mal!“

„Was ist das?“, hörte ich Andreas ärgerlich fragen. Ich schlich in den Flur. Die beiden Männer standen sich am Eingang zum Keller gegenüber und Andreas funkelte den Professor wütend an.

„Tut mir leid, wenn wir euch geweckt haben!“ Der Professor zeigte sich sichtlich zerknirscht. Nun erschien auch Manuela im Bademantel im Flur und guckte reichlich verschlafen.

„Was war das?“, meldete sich Laura zu Wort. Ihre blonden langen Haare band sie zum Schlafen immer zusammen, allerdings hatten sich ein paar vorwitzige Strähnen gelöst, was ihr insgesamt einen verwuschelten Ausdruck verlieh. Sie trug ein kurzes, schwarzes Seidenhemdchen und just in dem Moment stürmte Tim, gefolgt von zwei weiteren jungen Männern ähnlichen Kalibers, aus dem Keller.
„Wir haben den Verstärker wieder im Griff!“, rief Tim dem Professor zu und stockte.
„Ähm, Laura, sorry, wir wollten niemanden wecken!“ Beide liefen rot an und blieben wie angewurzelt stehen, was dazu führte, dass Tim von seinen Begleitern förmlich über den Haufen gerannt wurde.
„Hey, Mann!“, fluchte der eine, ein großer, stämmiger Dunkelhaariger mit struppigem Dreitagebart.
„Laura? Alles klar!“, grinste der zweite, der ein wenig kleiner als Tim war und deutlich harmloser aussah. Andreas Augen musterten die drei abschätzig.
„Das sind Tims Kommilitonen?“ Das klang nicht gerade freundlich, wie ich fand. Manuela empfand das wohl ebenso, denn sie sah sich genötigt, etwas Spannung aus der Situation zu nehmen.
„Mein Onkel hat uns ja gesagt, dass ihr proben wollt!“, stellte sie mit einem Seitenblick auf Andreas fest. „Allerdings nicht, was eigentlich.“
Tim grinste verlegen. Immer noch leicht errötet. „Wir haben eine Band. Onkel Ernst hilft uns mit den Texten, besser gesagt bei den Übersetzungen. Und er er-

laubt uns hier zu üben, wenn wir keinen anderen geeigneten Raum finden!"
„Mein Vater stellt seinen Wagen bei dem Wetter in die Garage, wo wir sonst proben!", brummte der Dunkelhaarige.
„Was für Musik spielt ihr denn?", fragte nun Laura. Es klang richtig schüchtern. Tim schaute verlegen zu Boden. „Rockmusik, eigentlich. Aber wir experimentieren auch gern. Mit alten Texten zu Heavy Metall."
Laura war sichtlich beeindruckt. „Cool", meinte sie und lächelte Tim zu. „Hätte ich dir gar nicht zugetraut!"
Nun wurde der Bursche schon wieder knallrot! Und Andreas auch, wenn wohl aus anderen Gründen. Er rang mühsam um Beherrschung.
„Also mit so einem Lärm am frühen Sonntagmorgen hatten wir nicht gerechnet!", sagte er und warf Tim und seinen Freunden einen bösen Blick zu.
„Oy-oy-oy!", rief Otto von oben.
„Früher Morgen? Es ist fast acht, was habt ihr eigentlich?", fragte der Professor verwundert. „Die Jungs arbeiten die Woche über hart, entweder für ihr Studium oder sie haben Jobs, um sich ihren Lebensunterhalt zu verdienen. Theologie ist kein Pappenstiel und ich habe höchsten Respekt davor, dass sie daneben auch noch Konzerte geben. Da müssen sie doch irgendwo üben! Man soll junge Menschen dabei unterstützen, wenn sie ihre Talente fördern wollen, oder? Außerdem hatte ich euch doch von Tims Band erzählt!"
Nun bekam Manuela große Augen.

„Ja, ich hatte dir sogar Anfang des Jahres Karten für ein Konzert geschickt. Natürlich seid ihr nicht gekommen, aber muss ich denn wirklich damit rechnen, dass ihr meine Post nicht mal lest?"
Das saß! Manuela schossen die Tränen in die Augen. „Tut mir leid!", stammelte sie, was Andreas erst so richtig wütend machte. Doch der Professor lenkte gleich wieder ein.
„Macht ja nichts, mein Kind, das nächste Konzert kommt bestimmt! Sie sind ja fleißig am Üben, nicht wahr!"
Die Jungs nickten zur Bestätigung, und Manuela lächelte auch schon wieder. Nur Andreas machte den Mund auf und wieder zu, dann drehte er sich um. „Ich will sonntags ausschlafen! Also bitte etwas leiser, ja?", brummte er und stapfte wieder ins Schlafzimmer.
Manuela sah Andreas kopfschüttelnd nach. „Und wir haben doch ernsthaft geglaubt, ihr würdet Bibeltexte rezitieren oder kleine Häuschen aus Streichhölzern bauen!", kicherte sie. „Komm, Laura, zieh dir was an oder geh ins Bett! Und lass die Jungs noch ein bisschen üben!"
Der Professor scheuchte alle wieder in den Keller. Ich folgte ihnen nicht, die Aussicht auf noch mehr Lärm begeisterte mich keineswegs. Anders als Laura, die, kaum waren ihre Eltern im Schlafzimmer abgetaucht, wieder auf der Bildfläche erschien. Immerhin hatte sie sich inzwischen ein zartes Morgenmäntelchen übergeworfen.
„Ich könnte Frühstück machen, Miezi!", sagte sie und zwinkerte mir zu. „Du hast doch bestimmt Hunger, nicht wahr?"

Nun, das stimmte so zwar nicht, aber sie war fröhlich und gut gelaunt, also folgte ich ihr in die Küche und schleckte auch brav die Milch aus, die sie mir in einem Schälchen servierte. Dann sah ich zu, wie sie den Tisch deckte, die Kaffeemaschine in Gang setzte und wieder in ihrem Zimmer verschwand. Unerwartet schnell tauchte sie wieder auf: frisch gestylt und hübsch angemalt.
„Ich sollte den Jungs vielleicht auch etwas bringen?“, überlegte sie laut. Ich miaute zustimmend. Die Kleine hatte Feuer gefangen, wie süß. Trotzdem stockte sie, als sie mit der Thermoskanne in der Hand und vier Bechern vor der Kellertür stand.
„Ob ich da einfach reingehen darf?“, fragte sie unschlüssig. Nun, das konnte ich ihr auch nicht sagen, andererseits, sie wohnte schließlich hier, warum also nicht? Wir warteten eine Weile unschlüssig vor der verschlossenen Tür, dann hörte ich Geräusche aus dem Obergeschoss.
„Dann machst du nächsten Sonntag das Frühstück!“, sagte Manuela leicht genervt zu Andreas.
„Und wenn die dann wieder da sind? Ich meine, wie vorweihnachtlich ist das denn? Ein Heidenlärm am dritten Advent? Das muss doch nicht sein, oder?“
„Willst du ihnen das Üben verbieten?“ Nun klang Manuela wirklich entsetzt. „Sie haben das hier bestimmt schon gemacht, bevor wir eingezogen sind! Wir können meinem Onkel schließlich nicht vorschreiben, wie er zu leben hat! Und Tim ist immerhin sein Patenkind!“

„Aber ich will ihm doch gar nichts vorschreiben!“, murrte Andreas und ließ die Schlafzimmertür unsanft ins Schloss fallen.
„Pst!“, mahnte Manuela. „Du weckst die Kinder!“
„Glaubst du wirklich, die schlafen noch?“
Oh je, Andreas’ Laune war wirklich unter Null gesunken.
Laura hatte dem Geplänkel ihrer Eltern schweigend zugehört, als sie näherkamen, wurde sie jedoch aktiv. Bässe hin oder her, sie drückte entschlossen die Klinke.
„Falls ihr Kaffee wollt!“, kam sie dann doch ins Stottern. Die Jungs unterbrachen ihre Probe sofort und Laura sah sich neugierig um.
„Du spielst Bassgitarre?“, fragte sie Tim überrascht. Der nickte. Leider konnte ich in dem Schummerlicht nicht sehen, ob er wieder rot wurde.
„Bassgitarre und Harmonika“, erklärte er.
„Jo spielt das Keyboard und Danny eigentlich Schlagzeug. Das haben wir heute aber nicht aufgebaut! Deshalb muss er gerade improvisieren.“ Tim zeigte auf zwei zerbeulte Tonnen zu seiner Linken.
Laura kicherte. „Wir wären vermutlich aus dem Bett gefallen, wenn ihr voll aufgedreht hättet. Könnt ihr eigentlich irgendwo richtig üben? Ich meine, ohne Beschränkungen?“
„Klar, in der Garage meines Vaters!“, meldete sich Jo zu Wort. „Früher auch hier, wenn der Professor außer Haus war. Den Papagei hat’s nicht gestört!“
Ja, das sah Otto ähnlich, stellte ich fest. Der hätte mich aber auch wirklich mal warnen können! Laura

schenkte allen liebenswürdig Kaffee ein und zog sich dann zurück.
„Ich hab die Zugangsdaten dabei. Wenn du magst, komm ich nachher noch mal zu dir und dann schauen wir mal, ob wir das W-Lan zum Laufen bringen!"
„Das wäre toll!", freute sich Laura und marschierte beschwingt zurück in die Küche. Dort erwartete sie bereits der nächste Sinnspruch aus ihrem Adventskalender.

Man soll die Dinge nehmen,
wie sie kommen,
aber man sollte auch dafür sorgen,
dass sie so kommen,
wie man sie nehmen möchte.
– P. S. –

„Kein schlechter Rat!", stellte Laura fest und hauchte ihrem Bruder einen Kuss auf die Wange. Der war so überrascht, dass er sich völlig zu wehren vergaß.
„Du, hör mal", begann Andreas vorsichtig. „Dieser Tim, also ich weiß nicht …"
„Ist sehr nett und bringt mich wieder ins Internet!", unterbrach Laura ihn prompt. Und Manuela fügte fast schon trotzig hinzu: „Er ist der Patensohn von Onkel Ernst! Andreas, ich bitte dich, was denkst du von dem Jungen? Nur weil er eben doch kein leiser, stiller Bursche ist, der den ganzen Tag in der Bibel stöbert, ist er dir suspekt? Der Junge studiert Theologie! Also ich finde, Onkel Ernst kann sehr stolz auf ihn sein!"

Darauf wusste Andreas auch nichts mehr zu sagen, stattdessen steckte er sich seinen Schokoladenbonbon in den Mund, mit dem ihn Jonas heute im Adventskalender beglückt hatte.
Kaum hatte sich mein Trommelfell von dem morgendlichen Anschlag erholt, ging der Lärm weiter: Konstantin stürmte das Haus, mit einer Art Tröte in der Hand, in die er hineinpustete, was das Zeug hielt.
„Junger Mann, was soll der Lärm?“ Der Professor sah aus, als würde er sich gleich die Haare raufen.
„Die hat mir der Nikolaus gebracht und ich hatte noch keine Zeit, sie Jonas zu zeigen!“ Sein Argument überzeugte den Professor nicht ganz.
„Zeigen ja, benutzen nein!“, entschied er, dann erklärte er, dass die Bastelarbeiten heute ausfielen.
„Felix ist zu Besuch bei seinen Großeltern, wir machen morgen weiter!“, lautete seine simple Begründung. Mir schwante Böses. Wenn die Jungs heute unbeschäftigt blieben, sollte ich lieber sehen, dass ich das Weite suchte. Entschlossen verdrückte ich mich in meine Kuschelecke. Erst zum Mittag tauchte ich wieder auf – Konstantin war samt Tröte inzwischen wieder nach Hause gegangen – und kam gerade dazu, wie Andreas' Laune weiter in den Keller sackte. Denn kaum hatte Manuela den Sonntagsbraten in die Röhre geschoben, tat es einen dumpfen Schlag – dann gab der Küchenherd den Geist auf. Und noch während Manuela überlegte, welchen Plan B sie für das Essen aus dem Ärmel zaubern konnte, handelte Laura blitzschnell – und bestellte Pizza.

„Nein, heute ist definitiv nicht mein Tag!“, stöhnte Andreas. „Pizza zum Adventssonntag, ich fasse es nicht!“
Erika Rode saß unterdessen in ihrer Küchenecke und nähte und nähte und nähte. Von dem ganzen Tohuwabohu schien sie nichts mitzubekommen. Ihre Mühe lohnte sich, sie wurde nämlich fertig. Und bekam nicht einmal ein Stück Pizza dafür, denn Laura hatte sie schlichtweg bei der Bestellung vergessen. Im Gegensatz zu Tim und seinen Jungs, an deren Magenknurren sie natürlich gedacht hatte, was ihr in den Augen des Professors einen dicken Pluspunkt verschaffte.
„Na, du weißt, was sich gehört!“, lobte er sie mit einem gehässigen Seitenblick auf Andreas. „Und Sie sind auch fertig geworden!“, rang er sich sogar eine Art Anerkennung für Erika Rode ab, die das leider gleich als Aufforderung zum Bleiben verstand. Als dann Tim, Jo und Danny in der Küche auftauchten und sich wie selbstverständlich niederließen, ergriff sie jedoch die Flucht. Alle angelten sich ein Stück Pizza, und dann war es für ein paar Augenblicke tatsächlich einmal still im Haus. Manuela füllte mir nebenbei mein Futterschälchen auf und strich mir sogar liebevoll über den Kopf. Hatte ich ihr Herz zurückgewonnen? Ich hoffte es inständig!

„Ich hätte schwören können, dass ich meinen iPod vorhin hier habe liegen lassen!“, wunderte sich Tim, als sie alle gemeinsam aufbrechen wollten. Doch angesichts der strahlenden Laura, die ihm folgte und kein bisschen sauer war, dass ihr Internet wegen irgendwelcher fehlender Codes leider doch noch nicht funktionierte, vergaß er das Ding gleich wieder. Nur mir blieb fast das Herz stehen. Dabei wusste ich nicht einmal, was das eigentlich war, was er nicht wiederfand.

„Du kannst bei mir mitfahren, wenn du willst!“, bot Tim Laura an, woraufhin sie gleich noch ein bisschen mehr strahlte.

„Na, ist er nicht toll?“, hauchte sie zum Abschied. „Wer will schon Kevin, dieses dumme Kind, wenn er einen Mann wie Tim haben kann?“

Zum Glück hatte das Andreas nicht gehört, denn der verfolgte jede Geste zwischen den beiden mit Argusaugen. Patensohn hin oder her, Tim war ihm suspekt. Ich allerdings freute mich für Laura, auch wenn Manuela mir zum Abschied noch einen herben Dämpfer verpasste.

„Du solltest mal draußen nach deinem iPod fahnden!“, riet sie Tim. „Vielleicht hat Miezi ihn verschleppt. Sie macht so was manchmal.“

Sie warf mir einen halb warnenden, halb lächelnden Blick zu, dann verließen sie das Haus.

„Aber ich war das doch gar nicht!“, rechtfertigte ich mich später bei Otto. „Und ich werde jetzt ganz bestimmt nicht draußen im Schnee nach diesem Ding suchen! Wenn ich es nämlich finde, gerate ich erst recht wieder in Verdacht! Ich sage dir, wir haben einen Dieb im Haus!“ Nun hatte ich sogar meinen ungeheu-

erlichen Verdacht ausgesprochen. Aber welche andere Erklärung sollte es für die Vorfälle sonst geben? Lauras Handy – weg! Jonas' Playstation – weg! Ebenso das komische Teil von Tim! Und an Manuelas Kette wollte ich erst gar nicht denken. Irgendwie war sie schließlich im Garten gelandet, nur wie?
„Oh je, wir haben ein Problem!", stellte Otto sachlich fest.
Damit hatte er eindeutig Recht. Inzwischen witterte ich überall eine Verschwörung. Aber das lag sicher nur daran, dass ich mein neu gewonnenes Zuhause nicht verlieren wollte. Ins Tierheim wollte ich auf keinen Fall und einen Winter draußen zu überstehen, war kein Pappenstiel, da machte ich mir nichts vor. Diese Verdächtigungen mussten aufhören!
Später am Nachmittag hörte ich, wie Laura sich mit Tim in ihr Zimmer zurückzog. Ob sie mich dabeihaben wollten? Ich war ja nur eine harmlose, wenn auch neugierige kleine Katze und somit völlig unauffällig. Also folgte ich ihnen und hörte so mit, wie Laura Tim von ihrer geplanten Geburtstagsparty erzählte.
„Na ja, wenn das überhaupt was wird!", schloss sie resigniert ihren Bericht.
„Wieso sollte es denn nichts werden?", hakte Tim nach. Er klang ehrlich interessiert.
„Na, sieh dir Mama doch mal an! Die schwört zwar, dass all ihre Babys zwei Wochen später als geplant gekommen sind, aber mal ehrlich, das sieht nicht so aus, als würde das Baby erst Mitte Januar kommen. Bei meinem Glück kommt es Silvester und dann kann

ich alles vergessen! Oder glaubst du, sie hat wirklich den Nerv für beides? Ein Baby und meine Party? Der Krach ist ja dann auch schlecht für das Kleine!"
Tim drückte sanft ihre Hand. Und Laura zog sie nicht weg. Ein gutes Zeichen?
„Da lässt sich sicher auch eine andere Location finden. Hast du denn schon einen Plan, was du abziehen willst? Ich meine Essen, Leute, Musik und so?"
Laura war verblüfft, sprudelte dann aber los. „Also eingeladen habe ich ja fast die halbe Klasse!", erklärte sie. „Vor allem die, die meinen, auf dem Dorf bist du am Ende der Welt und damit weg vom Fenster. Ich will, dass es eine total coole, abgefahrene Party wird, immerhin werde ich siebzehn! Und ich will mich nicht blamieren, verstehst du?"
Tim nickte. „Ich habe so eine Party geschmissen, als ich achtzehn wurde!"
Laura kicherte. „Und wie alt bist du jetzt?"
„Neunzehneinhalb, im Sommer werde ich zwanzig!", grinste er.
Ich überließ die beiden ihrem Geplänkel und freute mich, dass Tim es offenbar schaffte, Laura ihre Ängste in Sachen Geburtstagsparty zu nehmen. Zum Glück fragten weder er noch Manuela nach seinem verschwundenen Was-auch-immer, sodass mich auch keiner erneut verdächtigte.

Am nächsten Tag wurde ein neuer Küchenherd geliefert, und während Manuela sich ihre Neuanschaffung noch ausgiebig betrachtete, platzte Erika Rode ins Haus.

„Die Tür stand offen, ich habe mich einfach einmal selbst hereingelassen!“, verkündete sie und stellte sich neben Manuela. Ich hatte es mir am Türpfosten gemütlich gemacht und stellte meine eigenen Überlegungen an. Wenn die Haustür eben offengestanden hatte, war das vielleicht gar nicht das erste Mal. Und wenn dem so war, hieß das ja, dass praktisch jeder ins Haus gelangen konnte! Wer immer es wollte, konnte einfach hier hereinspazieren und Handys, Schmuckstücke und andere Dinge stehlen. Damit vergrößerte sich die Anzahl der Verdächtigen um ein Vielfaches!
„Du verrennst dich!“, warnte mich Otto später, als ich ihm von meinen Befürchtungen berichtete. „Glaub mir, das ist Unsinn. Hier auf dem Dorf kennt jeder jeden. Da bestiehlt man seine Nachbarn nicht. Ich wette, die Nachbarn schließen ihre Haustür auch nicht immer ab.“
„Aber die Kette ist nicht von allein in den Garten gekommen!“, beharrte ich. „Und Tims Dingsbums hat auch keine Beine bekommen! Weg ist es trotzdem!“
Hinter uns polterte es plötzlich. Jonas und seine Freunde stürmten das Arbeitszimmer des Professors und veranstalteten dabei einen riesigen Radau. Sie rannten rein und dann wieder raus, jeder schien noch irgendwas in seiner Jackentasche vergessen zu haben und es dauerte eine gefühlte Ewigkeit, bis wieder Ruhe einkehrte. Unten fachsimpelte Manuela mit Erika Rode über den neuen Herd und ihre Absicht, Plätzchen zu backen.
„Eigentlich hatte ich das heute nicht vor!“, meinte Manuela. „Und mal ehrlich, mit drei kleinen Jungs als Hilfspersonal kann das nur schiefgehen, glauben Sie mir!“

Erika Rode stieß mit ihrem Vorschlag auf taube Ohren, so viel war klar. Sie dachte trotzdem nicht daran zu gehen, obwohl auch klar war, dass der Professor nun für die nächsten ein oder zwei Stunden mit den Knirpsen beschäftigt sein würde. Als ich schon dachte, jetzt käme ich endlich zu einem Nickerchen, schellte es erneut. Tim stand vor der Tür.
„Laura kommt sicher gleich, wenn du willst, fang doch schon mal an!“, erklärte ihm Manuela und überließ ihn prompt sich selbst. Ich war rasch die Treppe mit hinaufgeschlichen. Auch wenn ich Tim nicht wirklich in Verdacht hatte, schließlich vermisste er ja selbst etwas, so wollte ich ihn im Auge behalten. Fasziniert beobachtete ich, wie er sich an Lauras Computer zu schaffen machte. Deshalb bekam ich auch zu spät mit, dass es hinter mir im Flur polterte. Es dauerte einen Moment, bis ich draußen war. Manuela hörte ich mit Erika Rode im Schlafzimmer herumfuhrwerken.
„Ja, Gardinen kann ich auch nähen, überhaupt kein Problem!“, erklärte sie Manuela und nötigte ihr geradezu ihre Hilfe auf. „Wozu viel Geld für eine Schneiderin ausgeben?“, fragte sie. „Oder sind Sie mit dem Kostüm nicht zufrieden?“ Das klang eindeutig gekränkt und Manuela sah das wohl ebenso, denn sie beeilte sich, ihr zu versichern, dass sie sich damit vermutlich selbst übertroffen hatte.
„Jonas wird der schönste Engel sein, den Frau Köhler je gesehen hat!“, versicherte sie ihr.
Nein, dachte ich, von dort konnte das Geräusch nicht gekommen sein. Vielleicht von Jonas? Seine Zimmer-

tür stand einen Spalt offen. Für mich kein Problem, ich schlängelte mich hindurch. Drin schien alles wie immer. Ich machte einen Satz aufs Fensterbrett, weil ich von dort aus den besseren Überblick hatte. Unter einem Buchdeckel lugte gut sichtbar ein Geldschein hervor. Meine Neugier war geweckt. Jonas und ein Geldschein? Er bekam nur Münzen als Taschengeld, nämlich zwei Euro die Woche, so viel hatte ich schon mitbekommen. Genauso viel wie seine kleinen Freunde. Das hatte Manuela mit deren Müttern nämlich abgesprochen. Da ich das Telefonat selbst belauscht hatte, wusste ich das genau. Nun hatte ich keine wirkliche Vorstellung davon, wie viel dieser Schein da wert war, aber ich erkannte deutlich drei Zahlen. Und je höher die Zahl, desto mehr war der Schein wert, das hatte mir Otto erst neulich erklärt. Ich ahnte Böses. Wollte etwa jemand Jonas in Verdacht bringen und Unfrieden säen? Ausgerechnet in meiner Familie? Und das auch noch kurz vor dem von allen herbeigesehnten Weihnachtsfest? Das musste ich verhindern! Entschlossen schnappte ich mir den Schein und trug ihn im Maul zu Otto. Zumindest war das mein Plan, bevor ich direkt im Flur mit Manuela zusammenstieß. Ich war so erschrocken, dass mir der Schein prompt wegflutschte und direkt vor ihren Füßen landete. Oh je, das war gar nicht gut!
„Was hast du denn da schon wieder?“, fragte sie streng und versperrte mir den Weg. Erika Rode postierte sich hinter ihr, sodass mir keine Rückzugsmöglichkeit blieb, außer in Jonas Zimmer. Aber damit

hätte ich den Burschen ja in Verdacht gebracht. Nein, das wollte ich nicht, doch der Preis, den ich dafür zahlte, war enorm. Manuela schnappte sich den Geldschein mit der einen, mich mit der anderen Hand und zusammen marschierten wir Richtung Küche. Schwangerschaft hin oder her, sie legte dabei ein Tempo vor, dass mir ganz schwindelig wurde.

„Wusste ich es doch! Du bist ja schlimmer als jede diebische Elster!“, schimpfte sie, ließ mich runter und zeigte auf den Küchentisch: „Da hatte ich ihn hingelegt! Es ist noch keine Stunde her! Direkt unter meine Geldböse. Für Andreas, damit er morgen tanken fahren kann! Und da hast du ihn dir einfach geschnappt? Miezi, verdammt noch mal, was soll das? Ich kann ja noch irgendwie verstehen, dass du meine Kette als Spielzeug haben willst, aber einen Geldschein?“

Ich mauzte verzweifelt. Es dauerte nicht lange, da kamen der Professor und die Jungs angerannt und wurden nun ebenfalls Zeugen von Manuelas Wutausbruch.

„Stehlen tut sie, und zwar alles, was sie in ihr kleines Maul bekommt!“, beschwerte sie sich beim Professor, der höchst irritiert von Manuela zu dem Geldschein und dann zu mir blickte. Jonas und seine Freunde sagten vor Schreck gar nichts mehr.

„Hundert Euro sind kein Pappenstiel!“, mischte sich nun auch noch Erika Rode ein.

„Ach was, Frau Rode, Manuela, nun macht doch mal nicht so ein Theater!“, versuchte der Professor, mich in Schutz zu nehmen. „Kleine Katzen sind nun einmal verspielt. Dahinter steckt doch keine böse Absicht!“

Trotzdem redete Manuela sich weiter in Rage, so sehr, dass ich richtig Angst bekam, sie würde mich auf der Stelle hinaus in den Schnee werfen.
„Noch einmal, du kleine Katze, das sage ich dir, erwische ich dich noch ein einziges Mal dabei, hier irgendwas zu stehlen, dann fliegst du raus, und zwar in hohem Bogen! Winter hin oder her, aber meine Geduld ist wirklich zu Ende! So, und nun geh mir aus den Augen!"
Mir blieb vor Schreck fast die Luft weg. Deprimiert und mit hängendem Kopf schlich ich mich an Jonas vorbei, der es nicht mal wagte, mir einen Blick zuzuwerfen, ins Obergeschoss. Dort musste ich mir dann auch noch Ottos Vorwürfe gefallen lassen.
„Ach Miezi, wieso hast du den Geldschein nur wegbringen wollen?", fragte er immer wieder. Auch nachdem ich es ihm erklärt hatte.
„Ja, du willst Jonas in Schutz nehmen, schon klar. Aber Miezi, Miezi, du musst noch so viel lernen! Auch, dass selbst Menschenkinder in Jonas' Alter sich besser einem anderen Menschen gegenüber verteidigen können als wir Tiere. Er hätte mit Manuela reden, ihr irgendwas erklären können, im Gegensatz zu dir!"
Das stimmte zweifellos, gestand ich mir ein. „Aber wie ist der Geldschein dorthin gekommen?", fragte ich Otto, als ich mich beruhigt hatte.
„Nun, du sagtest, du hast im Flur jemanden gehört. Derjenige wird es wohl gewesen sein."

Mitten in diesen ganzen dramatischen Ereignissen fiel es kaum mehr ins Gewicht, dass es auch an diesem

Tag nichts mehr wurde mit Lauras Internetanschluss. „Tim spielt mir morgen einen neuen Browser auf und ein Virenschutzprogramm!“, erklärte sie ihren verdutzten Eltern fröhlich. „Außerdem hat er mich zu seinem Konzert eingeladen!“

Als Andreas bereits nach Luft schnappte, klopfte sie ihm beruhigend auf die Schulter. „Keine Bange, Papa, er spielt mit seiner Band beim Krippenspiel – also alles ganz harmlos. Und wegen Jonas sind wir auch alle zusammen dort!“

Manuela kicherte, doch Andreas' Gesicht sah aus wie sieben Tage Regenwetter. Er gab sich jedoch geschlagen. „Schön, dann werden wir ja sehen, ob dieser Radau auch irgendeinen Zweck erfüllt!“, beendete Andreas einigermaßen gehässig das Thema.

Nach dem Abendessen, als sich der Professor in sein Arbeitszimmer verziehen wollte, hoffte ich endlich auf ein wenig Ruhe, doch weit gefehlt. Schon bald kam er wieder herausgeschossen.

„Keiner verlässt das Haus!“, verlangte er. „Mein Siegel ist weg!“

Otto und ich sahen ihn verdutzt an, während mein Herz sofort bis zum Hals schlug. Der Dieb hatte erneut zugeschlagen! Manuela und Andreas kamen sofort angelaufen.

„Was genau vermisst du?“, wollte Andreas wissen und versuchte, einen kühlen Kopf zu bewahren, während Manuela sich sofort auf meinem Schlafplatz umsah.

„Also hier ist nichts!“, stellte sie mit einem strengen Seitenblick auf mich fest. Doch der Professor war

längst dabei, Andreas zu erklären, worum es sich bei diesem Siegel handelte.
„Es ist aus Karneol, einem rötlichen Halbedelstein, und hat die Form eines Skarabäus, eines Mistkäfers auf gut Deutsch. Es ist etwa zwei Zentimeter lang. Eingraviert war ein Name und darunter auf Edomitisch das Wort ‚gesegnet'. Ich habe es im Kunsthandel gekauft. Es war nicht ganz billig, aber man kann natürlich nicht wissen, ob es echt ist oder eine Fälschung. Es sieht einem Stück ganz ähnlich, das in Amman im Museum liegt. Für mich ist es ein wertvolles Andenken, denn ich habe es mir damals nach meiner ersten Kampagne gekauft. Und es lag immer hier bei mir auf dem Schreibtisch! Gut, manchmal hatte ich es vielleicht ein wenig verbuddelt, unter all dem Zeug, das hier herumliegt, aber heute Morgen war es noch da! Und nun ist es weg! Ich muss es wiederhaben!"
Er klang nun schon fast wie Jonas, wenn der nach einem Hund verlangte. Otto war auch ganz still, offenbar machte er sich seine eigenen Gedanken. Erwartungsgemäß suchten die drei nun das ganze Zimmer ab, ohne Erfolg.
„Aber wer soll das denn stehlen?", fragte Andreas irgendwann genervt und sah sich in dem ganzen Durcheinander des Arbeitszimmers um. „Außer dir weiß doch keiner, was das überhaupt ist, und niemand kann damit etwas anfangen! Du wirst es hier irgendwo vergraben haben, als du Platz für deine Bastelarbeiten geschaffen hast."

Mangels Erfolg stellten sie die Suche ein, und während Manuela und Andreas sich zurückzogen, hörten wir, wie der Professor sein ganzes Arbeitszimmer erneut auf den Kopf stellte.
Immerhin war mir während der Unruhe der letzten Stunde eine Idee gekommen. Ich war mir sogar ziemlich sicher, dass ich nun wusste, wo all die Gegenstände, die hier in letzter Zeit verschwunden waren, wiederzufinden waren. Mir musste nur noch einfallen, wie ich sie wiederbeschaffen konnte – dann, so war ich mir sicher, würde mich Manuela auch nicht länger verdächtigen und Weihnachten und mein Zuhause wären gerettet!

Nun ist alles aus!

Donnerstagvormittag war es dann so weit – von Manuela herbeigesehnt, kam der Moment, in dem auch der allerletzte Handwerker das Haus verließ.
„Alles funktioniert bestens und das noch vor Weihnachten!“, freute sich der Professor und klopfte Manuela anerkennend auf die Schulter. „Das hast du fabelhaft hinbekommen. Ich wünschte, ich hätte dein Organisationstalent! Glaub mir, wenn Angelika nicht ständig über meine Reiseplanungen schauen würde, käme ich vermutlich nie am Ziel an. So etwas gehört nicht gerade zu meinen Stärken!“
Manuela war sichtlich gerührt vom Lob ihres Onkels. Doch das hielt nicht lange vor, denn nun trat eine Eigenschaft bei ihr zu Tage, die ihr in ihrem Zustand nun wirklich niemand zugetraut hätte: ihre Putzwut. Kaum war der Professor auf dem Weg zu Angelika Sperber, um ihre bevorstehende Ausstellung weiter vorzubereiten, schnappte sie sich den Staubsauger und startete eine wahre Putzorgie. Da das Geräusch mein empfindliches Gehör aufs Schlimmste malträtierte, suchte ich das Weite, als Manuela mit dem Monstergerät oben angekommen war. Doch meine Ruhe währte nicht lange, denn schon Minuten später, fing Otto an zu kreischen.
„Hilfe! Hilfe! Hilfe! Neeeeeeiiiiinnnn!“
Ich überwand meine Abneigung und rannte die Treppe hinauf, um ihm zu Hilfe zu eilen.
„Hier sieht es ja aus wie bei Hempels unterm Sofa!“, schimpfte Manuela und saugte mit einem Handaufsatz

über den Bücherschrank. „Überall liegen Körner herum. Und was ist das?“
Sie bearbeitete einen Stuhl, auf dem ein paar zerbröselte Kräcker lagen, die nun ebenfalls geräuschvoll im Bauch des Monsters verschwanden.
„Mein ganzes Essen!“, rief Otto, und ich verstand seine Panik sehr gut, denn gerade in diesem Moment hob Manuela eine Zeitung hoch und saugte ein paar getrocknete Beeren ein. Dann fand sie noch Bananenscheiben unter einer umgedrehten Plastiktasse auf dem Sideboard, zwei kleine Karotten auf der Rückenlehne des Ohrensessels und Apfelschnitze auf dem Fensterbrett.
„Das war dein Mittagessen“, stellte ich entsetzt fest.
„Mein Snack, Mittagessen, und noch was für heute Nachmittag ... alles im Staubsaugerbeutel!“, rief er.
„Du kannst von meinem Thunfisch etwas abhaben!“, bot ich an.
„Ich bin Vegetarier!“, rief er zurück.
„Was zum Geier ist denn hier los?“ Auf einmal stand der Professor im Zimmer. Bei all dem Getöse hatte ich ihn gar nicht zurückkommen hören.
Otto wiegte sich von einem Bein aufs andere und murmelte: „Oh-oh-oh!“
„Ich mache sauber“, sagte Manuela.
„Und warum schreit Otto dann wie am Spieß? Normalerweise stört ihn der Staubsauger überhaupt nicht!“
„Mahlzeit!“, schrie Otto und rannte ganz aufgeregt seitwärts auf seinem Ast hin und her.

„Ach so. Jetzt verstehe ich." Der Professor sah sich im Zimmer um. „Natürlich protestiert er, wenn du ihm sein Futter wegnimmst!"
„Sein Futter?", fragte Manuela verblüfft.
„Natürlich, sein Futter!", bestätigte der Professor.
„Und das muss hier überall herumliegen? Warum kann er nicht einfach aus einem Napf fressen?"
„Weil", setzte der Professor zu einer Erklärung an, „artgerechte Tierhaltung bedeutet, einem Tier Lebensbedingungen zu bieten, die denen in seiner natürlichen Umgebung so nahe wie möglich kommen. Und falls du jemals Vögel beobachtet haben solltest, dürfte dir aufgefallen sein, dass sie von Baum zu Baum und von Strauch zu Strauch fliegen und überall ein bisschen was zu sich nehmen. Eine Frucht oder ein paar Körner. Sie essen jeweils nur geringe Mengen und sind den ganzen Tag damit befasst, sich was in der Natur zu suchen. Warum also sollte ich Otto einen Napf hinstellen?"
„Um das Haus sauber zu halten", schlug Manuela vor.
„Er würde sich zu Tode langweilen, wo er ja nun schon alleine leben muss", hielt der Professor dagegen und nahm Manuela den Staubsauger aus der Hand.
„Alleine? Wir sind doch alle hier! Und wenn du dich weniger im Arbeitszimmer vergraben würdest und nicht ständig mit Angelika Sperber unterwegs wärst, dann wäre dein Hausgeier auch weniger alleine!"
„Auweia!", schrie Otto dazwischen.
„Ich freue mich wirklich sehr, dass ihr hier eingezogen seid", sagte der Professor, sichtlich um Fassung be-

müht. „Aber ich möchte doch bitten, meine Privatsphäre zu respektieren.“
„Aber Onkel Ernst, so war das doch nicht gemeint“, sagte Manuela und war plötzlich den Tränen nahe. Innerhalb von Sekunden war ihre Stimmung komplett umgeschlagen. Das fiel nun auch dem Professor auf. Andreas hatte ihn ja gewarnt! Trotzdem war es zu spät, um Manuelas Gefühlsausbruch noch zu verhindern.
„Ich meine es doch nur gut mit dir“, schluchzte sie. „Ich will mich doch nur um dich kümmern! Wo ich dich doch so vernachlässigt habe!“
Ihr Onkel seufzte und nahm Manuela in den Arm. „Ach, mein Mädchen!“, tröstete er sie. „Auch wenn du es mir nicht zutraust, aber das kann ich noch recht gut alleine. Und ich wehre mich dagegen, von dir zwangsvergreist zu werden!“
Manuelas Tränenflut erstickte den Ärger des Professors sofort. Er redete ihr noch eine Weile gut zu, bis sie sich beruhigt hatte, dann nahm er ihr den Staubsauger aus der Hand und schaffte es sogar, Ottos Reich wieder so herzurichten, wie es war, bevor Jonas und seine Spießgesellen auftauchten. Als sie ihn fragten, was er da denn mache, hielt er ihnen den gleichen Vortrag über artgerechte Papageienhaltung wie Manuela zuvor und beeindruckte sie damit so sehr, dass sie freiwillig halfen, Ottos Futterbestände aufzufüllen.
„Hier, noch ein paar Nüsse für dich!“, besonders Konstantin hatte Gefallen an Otto gefunden, das war uns schon länger aufgefallen. Nun bekam er endlich seine Chance und durfte ihn sogar streicheln.

„Was für ein schöner Vogel du doch bist!“, flüsterte er. „Du hast es gut, du kannst einfach wegfliegen, wenn du willst!“
„Ja, darum beneiden mich viele!“, meinte Otto hinterher stolz und selbstgefällig wie immer. Keine Spur mehr von seiner vorangegangen Panik – so war er eben.
Nach ein paar Stunden der Ruhe wurde es am frühen Abend dann wieder ungemütlich. Andreas war noch nicht zu Hause, Jonas, Konstantin und Felix flitzten rein und raus, während Manuela in der Küche herumwerkelte. Gegen sechs schlug Laura Alarm.
„Wo bleibt Papa denn nur?“, hörte ich sie murren. „Er hat versprochen, dass er mich ins Einkaufszentrum fährt! Ich will mich doch mit Jenny treffen!“
Ich schlich nach unten. Das roch nach neuem Ärger. Laura rannte aufgeregt von einem Fenster zum anderen, schaute auf die Uhr, rannte wieder hin und her. Damit machte sie nicht nur mich ganz schön nervös.
„Ich fürchte, er hat es vergessen, Schatz!“, versuchte Manuela Laura auf das Offensichtliche vorzubereiten. „Vielleicht hat seine Besprechung länger gedauert oder er steckt noch im Feierabendverkehr fest – er lässt dich doch nicht mit Absicht hängen!“
„Aber Jenny wartet!“, entgegnete Laura wenig einsichtig. Manuela sah sie mit hochgezogenen Brauen an. „Dann ruf Jenny an und sage, dass du später kommst!“, riet sie. „Oder verabredet euch sicherheitshalber für einen anderen Tag!“
Ich sah, wie es in Laura arbeitete.

„Ich wollte doch Weihnachtsgeschenke einkaufen!“, platzte es dann aus ihr heraus. Plötzlich fuhr draußen ein Auto vor. „Tim!“, freute sich Laura und stürmte zur Tür. Ihre schlechte Laune von eben war wie weggeblasen. Manuela schüttelte den Kopf.
„Du bist meine Rettung!“, rief Laura und begrüßte Tim stürmisch. Gut, dass Andreas nicht zu Hause war!
„Dann steig ein!“, bot er an und warf Manuela einen fragenden Blick zu. Der Bursche wusste, was sich gehört! Manuela nickte und die beiden machten sich auf den Weg. Beim Herausgehen hörte ich noch, wie Tim anbot, sie später auch wieder abzuholen, worüber besonders Manuela erleichtert war.
„Du bist ein Schatz!“, rief sie ihm nach und hievte sich hoch und sah mich an. „Na, Hunger? Oder etwa auf der Suche nach neuen Spielsachen? Vergiss es, Miezi!“, riet sie mir. Kläglich schlich ich nach oben. Warum hatte sich das Schicksal bloß gegen mich verschworen? War es denn so anmaßend, wenn sich eine kleine Katze ein Zuhause wünscht, in dem sie erwünscht und geliebt wird? Doch viel Zeit, über meine vertrackte Situation nachzudenken, hatte ich nicht.
„Wir sind fertig!“ Jonas, Felix und Konstantin kamen wie eine Horde Elefanten aus dem Arbeitszimmer und polterten die Treppe hinab. „Willst du sie sehen, Mama?“ Jonas platzte fast vor Stolz! Und natürlich wollte Manuela, auch wenn das bedeutete, dass sie die Treppe wieder hinaufmusste! Heute schien sie das alles mehr anzustrengen als sonst. Ob Laura etwa mit ihren Befürchtungen Recht hatte und das Baby doch

schneller kam, als Manuela dachte? Oben angekommen, bewunderte sie ausgiebig das Prachtstück.
„Fabelhaft!“, lobte sie. „Ganz fantastisch! Und wie realistisch ihr das hinbekommen habt! Also, das sollte sich Frau Köhler unbedingt ansehen, da kann selbst sie noch was lernen!“
Zum Glück verstand Jonas den Inhalt dieser Botschaft nicht wirklich, sonst hätte er wohl nicht so gestrahlt. Und auch der Professor strahlte.
„Ja, die Jungs sind sehr talentiert. Und Jonas ganz besonders. Ich schätze, aus ihm wird mal ein ganz prima Baumeister, nicht wahr?“
Jonas nickte eifrig. „Ja, ich will Häuser bauen, wie das da!“ Er zeigte auf das Modell des Schatzhauses von Petra. Ein Prachtexemplar aus Streichhölzern, Pappwänden und Farbe. Zum Glück verzichtete der Professor darauf, ihm nun einen Vortrag über antike Architektur zu halten, er freute sich einfach mit den Jungs über seine gelungene Arbeit.
„Und was bauen wir als Nächstes?“, belagerte Jonas den Professor sofort.
„Na, wie wär's, wenn du dir etwas aussuchst? Den Petersdom vielleicht? Oder unsere Dorfkirche? Die ist auch recht hübsch und sicher einfacher nachzubauen! Aber vorher gehen wir euren Krippenspieltext wohl besser noch mal durch, oder?“
Jonas nickte ergeben, während sich Felix und Konstantin nun ganz schnell verabschiedeten. Sie spielten wohl auch mit, so viel hatte ich mitbekommen, jedoch hatten ihre Rollen keinen Text.

„Soll ich mein Kostüm dazu anziehen?", fragte Jonas. „Dann wirkt es noch viel echter!" Der Professor nickte, und Jonas flitzte davon.

Es war schon weit nach neun, als Tim Laura endlich nach Hause brachte. Inzwischen wirkten die beiden richtig vertraut miteinander.
„Also, das mit dem Internet eilt nicht!", hörte ich sie zu meiner Überraschung versichern. „Ich meine, du musst dich ja noch um dein Studium kümmern und um deine Band. Ich kann mich schon noch ein wenig gedulden!"
Das waren ja ganz neue Töne! Ob sie die Geduld irgendwo im Einkaufszentrum bekommen hatte? Vielleicht gab es die ja in Tüten zu kaufen?
„Ich habe Onkel Ernst versprochen, morgen Jonas samt seiner Geburtskirche in die Schule zu fahren, sie wollten heute fertig werden. Wenn du willst, nehme ich dich mit, du musst ja erst zur zweiten Stunde, richtig?"
Laura strahlte. „Das wäre super!"
Nur Andres strahlte nicht, denn er hatte die letzten Sätze mitgehört.
„Jetzt bin ich wohl als Mitfahrgelegenheit abgemeldet!", sagte er leicht beleidigt. Laura warf ihm einen vernichtenden Blick zu.
„Du, Papa, hast mich heute versetzt! Wenn Tim nicht gekommen wäre, dann wäre mein Einkaufsbummel ins Wasser gefallen und der Weihnachtsmann hätte euch allen eine Rute gebracht!"

Immerhin schaffte sie es, dabei ernst zu bleiben, während Andreas sofort zerknirscht aussah.
„Ich weiß, ich hatte es versprochen!“, begann er sich zu rechtfertigen. „Doch ich musste noch zu einer Besprechung, unangekündigt, so was passiert leider manchmal, das verstehst du doch, oder?“
Laura nickte. „Sicher verstehe ich das, Papa. Und du verstehst aber sicher auch, dass ich trotzdem froh war, als Tim kam!“
Wieder ging ein Tag zu Ende, der für mich ohne weitere Zwischenfälle verlaufen war, doch für Andreas war die Aufregung noch lange nicht vorbei. Manuela konnte nicht schlafen und ließ ihren Gatten daran teilhaben.
„Weißt du, was ich jetzt essen könnte?“, fragte sie ihn, als sie gerade schlafen gehen wollten. „Ich will Schokoladeneis!“, verlangte sie und sah so aus, als ob sie das ernst meinte.
„Andreas, hast du gehört? Ich brauche jetzt unbedingt Schokoladeneis! Mit Sahne!“
Andreas blieb stehen, sah Manuela mit einem treulieben Blick an und stöhnte: „Und ich hatte schon gedacht, ich komme dieses Mal drum herum! Ehrlich, sonst kamen diese Anfälle doch schon viel früher, oder?“
Ich staunte: Manuela verlangte nach Schokoladeneis, und ihr Mann drehte sich doch tatsächlich, ohne zu murren, um und stellte in der Küche den Gefrierschrank auf den Kopf. Nach einer Weile warf er einen verzweifelten Blick auf die Uhr.

„Halb zwölf, ich fasse es nicht! Wieso kriegen schwangere Frauen diese Gelüste grundsätzlich nachts?"
Manuela war nun auch wieder die Treppe heruntergekommen. „Sag bloß, es ist keins mehr da? Wieso ist nie Schokoladeneis im Haus, wenn ich mal welches essen will?"
„Weil das hier eigentlich niemand mag!", stellte Andreas fest. „Du auch nicht, schon vergessen?"
Manuela seufzte. „Ich weiß, aber jetzt könnte ich sonst was dafür geben! Ich brauche jetzt Schokoladeneis!"
So quengelig hatte ich sie noch nie erlebt, was war bloß los mit ihr? Andreas schien die Situation jedoch unter Kontrolle zu haben, er nahm sie sanft in den Arm und lenkte sie wieder Richtung Schlafzimmer.
„Okay, kein Problem. Es schneit zwar wieder, aber ich fahre zur nächsten Tankstelle und hole dir dein Schokoladeneis!", versprach er. Und ich sah staunend zu, wie er sich auf den Weg machte. Über dem Schlafanzug einen Mantel und eine Jogginghose, und los ging's. Als er eine halbe Stunde später wiederkam, hatte er tatsächlich Schokoladeneis im Gepäck. Und Sprühsahne!
„Du bist der beste Ehemann aller Zeiten!", empfing ihn Manuela. Und nun sah selbst Andreas endlich wieder glücklich aus.

Der Freitagmorgen begann mit dem üblichen Frühstücksdurcheinander. Das Schokoladeneis der letzten Nacht hatte Manuela offenbar wirklich wieder ins Gleichgewicht gebracht. Leider funktionierte auch ihr Gedächtnis wieder erstklassig, wie Jonas feststellen musste.

„Sag mal, hast du eigentlich deine Playstation gefunden?“ Manuela hielt Jonas fest, als er vom Frühstückstisch aufstand. Der Bursche wand sich sichtlich.
„Hiergeblieben!“, forderte sie, und ich wünschte, ich hätte meinem Frühstückshunger nicht nachgegeben und wäre oben geblieben. Unsichtbar machen ging nicht, also harrte ich auf der untersten Stufe aus. Bitte, nicht noch mehr Verdächtigungen, flehte ich. Doch jetzt war offenbar erst mal Jonas dran. Nach wenigen Minuten gab dieser seinen Widerstand auf.
„Ja doch!“, knurrte er. „Ich habe sie gefunden! Gestern habe ich sie dem Lukas geliehen, der hat nämlich keine und will auch mal spielen! Er gibt sie mir nach Weihnachten zurück!“
Mir fiel glatt ein Stein vom Herzen, wenigstens das Teil war also wiederaufgetaucht! Trotzdem traute ich mich nicht, mich zu bewegen. Manuela gab ihren Sprössling nach einem skeptischen Blick frei und Jonas rannte los, wobei er Erika Rode praktisch die Klinke in die Hand gab. Mit einer Tasse Tee machten sie es sich in der Küche bequem.
„Alles funktioniert und blitzblank ist es auch wieder!“, berichtete Manuela. Ich schlich mich heran und suchte hinter dem Kühlschrank Deckung. Hier konnte ich zwar alles hören, wurde aber nicht gesehen.
„Fabelhaft, dann können Sie sich ja so richtig auf die Weihnachtsfeiertage freuen!“, bekundete Erika Rode sofort Interesse. „Oh, so ein Weihnachtsfest im Kreise der Familie muss wunderschön sein!“, schwärmte sie. „Wissen Sie, früher hatte ich ja auch immer noch ge-

hofft –“ Sie griff nach einem Taschentuch, bevor sie weitersprach, „aber nun ja, es sollte eben nicht sein und nun begehe ich das Fest schon seit Jahren allein.“ Manuela schluckte schwer.

„Der Professor hat meine Einladungen in den vergangenen Jahren immer abgelehnt! Ach, wenn er doch nur nicht so ein Eigenbrödler wäre! Und ein bisschen häuslicher!“, seufzte Erika Rode weiter. Manuela war das alles sichtlich unangenehm. Betreten starrte sie auf den Boden, während ich mich fragte, ob diese Frau wirklich nicht mitbekam, dass der Professor sie lediglich als Nervensäge betrachtete! Manuela wechselte gekonnt das Thema und kam auf Plätzchenrezepte zu sprechen, da schlich ich mich nach oben zu Otto.

„Entweder ist sie schwer von Begriff oder einfach nur doof!“, stellte der ziemlich kaltschnäuzig fest.

„Ich glaube, Erika Rode ist die Diebin, nach der wir suchen!“ Zum ersten Mal sprach ich den Verdacht aus, der in den vergangenen Tagen in mir aufgekeimt war. Otto wiegte den Kopf zweifelnd hin und her.

„Sie war praktisch immer im Haus – selbst wenn keiner mehr an sie dachte! Denk doch nur an die ganze Kostümnäherei und wie lange sie dafür gebraucht hat! Dazu ihre riesige Handtasche! Darin kann sie ganz schnell etwas verschwinden lassen.“

Otto schien trotzdem nicht recht überzeugt. „Sie war ja früher auch schon oft da, auch wenn der Professor das nicht gern hatte. Aber weggekommen ist da nie etwas!“, gab er zu bedenken, wenngleich er meine Beobachtungen nicht abstreiten konnte. Ich beschloss,

meinem Verdacht nachzugehen. Wenn ich richtig lag, wäre meine Unschuld astrein bewiesen! Und nur das zählte. Diese Angst musste aufhören!
Ich schlich mich wieder in die Küche und ließ die verdächtige Handtasche nicht aus den Augen. Berechenbar, wie sie nun einmal war, blieb Erika Rode, bis der Professor, Laura, Jonas und natürlich auch Andreas heimkamen. Besser konnte die Situation nicht mehr werden, nun hatte ich Zeugen. Doch wie sollte ich es anstellen, meinen Verdacht zu beweisen? Ich schlich eine ganze Zeit lang in der Küche umher, ohne dass mir eine Lösung einfiel. Am Ende kam mir der Zufall zu Hilfe, denn Manuela fragte Erika Rode nach einer Telefonnummer. Dazu musste sie ihr Ungetüm von Handtasche öffnen. Die Tasche wirkte trotz ihrer Größe gut gefüllt. Ich war mir sicher, dass sich zumindest ein Teil des Diebesgutes darin befand. Nun hieß es schnell sein! Mit einem Satz sprang ich auf den Tisch, landete ein Stückchen vor der Tasche und gab dieser durch den Schwung einen Schubs. Erwartungsgemäß geriet sie außer Kontrolle und polterte lautstark vom Tisch. Ihr gesamter Inhalt ergoss sich über den Küchenboden.
Manuela schnappte entsetzt nach Luft, Erika Rode kreischte auf und Laura schrie: „Miezi! Was soll das denn?"
Geldbörse, Schlüssel, Unmengen von Taschentüchern, kleinen Döschen und Pillenpackungen lagen nun heillos durcheinander. Mir stockte das Herz – nichts! Gar nichts von dem erhofften Diebesgut befand sich in ihrer Handtasche! Dabei war ich so sicher gewesen!

Manuela hievte sich erschreckend langsam hoch und nahm mich ins Visier.
„Jetzt reicht es mir aber mit dir!“, zischte sie bedrohlich leise. Die absolute Stille, mit der mich alle anstarrten, war niederschmetternd.
„Also, die Sache mit meiner Perlenkette war ja schon ein starkes Stück und mit dem Hundert-Euro-Schein erst, aber das hier schlägt dem Fass den Boden aus!“
Und zum Professor gewandt, sagte sie: „Lieber Onkel Ernst, ich nehme es dir keineswegs übel, dass du mir nichts von deiner Katze erzählt hast, wirklich nicht. Und ich war auch gern bereit, sie hier voll und ganz zu akzeptieren, trotz der Maus, die sie angeschleppt hat. Aber ein derartiges Verhalten ist doch nicht normal! Sie ist irgendwie gestört, und wenn erst mal das Baby da ist, kann ich so etwas nun wirklich nicht in meiner Nähe haben! Oder muss erst noch Schlimmeres passieren?“
Mir blieb das Herz fast stehen, denn nun kam, was kommen musste: Der Professor schaute erst zu mir, dann zu Manuela und schüttelte den Kopf.
„Was soll das denn heißen?“, fragte er. „Ihr habt sie doch mitgebracht! Ich war hier mit Otto völlig zufrieden, mein Kind, und zwar nur mit Otto. Eine Katze war hier vor eurem Einzug nie im Haus!“
Manuela starrte mich nun regelrecht feindselig an. Dann schaute sie wieder zu ihrem Onkel.
„Du meinst, Miezi gehört dir gar nicht?“, fragte sie irritiert. „Aber sie war hier, als wir kamen, ich habe sie schon an unserem Einzugstag gesehen!“

„Miezi hat sich eingeschlichen?" Selbst Andreas hatte nun seine Sprache wiedergefunden, während Erika Rode mit harschen Bewegungen und versteinerter Miene ihren Krimskrams zusammenraffte. „Aber warum sollte sie das tun?"

Oh, die Frage hätte ich ihm leicht beantworten können, mich allerdings fragte ja keiner.

„Sonnenklar, weil sie es hier bequem hat!", zischte Manuela.

„Aber Mama, Miezi ist doch noch eine kleine Katze, und sie ist so süß, sie weiß bestimmt einfach nicht, wie man sich benimmt!"

Meine gute Laura! Sie setzte sich für mich ein – ich war richtig gerührt. Das half aber nichts, denn nun geriet sie ins Visier ihrer Mutter, und Manuela war ganz offensichtlich auf Streit aus. Während sie sich nun mit Laura stritt, stand Jonas immer noch wie versteinert da und starrte mich an. Darauf, dass er sich für mich einsetzte, konnte ich sicher lange warten. Schließlich war ich kein Hund, sondern nur eine doofe, kleine Katze, die einfach zu dumm war, den richtigen Dieb zu finden.

„Also diese Katze muss jedenfalls weg, und damit basta!", hörte ich Manuela sagen. „Entweder einer von euch erledigt das oder ich schaffe sie eigenhändig morgen früh ins Tierheim! Ich bin ja schließlich kein Unmensch, der ein Tier einfach mitten im Winter aussetzt. Das gehört sich nicht, aber bleiben kann sie auf keinen Fall. Und damit ist die Diskussion beendet!"

„Ja, aber heute Nacht bleibt sie noch hier!", meldete sich Laura ebenso kampfeslustig wie ihre Mutter er-

neut zu Wort. „Sie kann bei mir im Zimmer schlafen, da macht sie nichts kaputt, garantiert nicht. Das hat sie nämlich noch nie gemacht!“
Während die beiden sich noch in den Haaren lagen, ergriff ich die Flucht. Einen Moment lang zögerte ich, ob ich nicht vielleicht doch noch schnell nach oben huschen und mich von Otto verabschieden sollte, entschied mich dann aber dagegen. Wer weiß, was der Professor mit mir anstellte, wenn er mich in seinen Räumlichkeiten sah! Schließlich war sein Siegel ja auch verschwunden, und wie sehr er daran gehangen hatte, war mir noch deutlich in Erinnerung. Aufgetaucht war das Teil bis jetzt ja auch nicht wieder! Zunächst flitzte ich zur Eingangstür, doch diese war verschlossen. Dann versuchte ich es bei der Terrassentür – ebenfalls umsonst. Erst dann kam mir der Zufall zu Hilfe. Es klingelte und Laura lief zur Tür.
„Schön, dass du da bist!“, begrüßte sie Tim, den sie wohl schon erwartet hatte, da huschte ich hinaus.
„Miezi! Miezi! So lauf doch nicht weg!“, rief sie mir hinterher. „Da draußen ist es kalt, bleib hier!“
Schweren Herzens ließ ich sie rufen. Ich rannte, so schnell mich meine kleinen Pfoten tragen konnten, immer weiter durch den tiefen, eisigen Schnee. Nach ein paar Minuten blieb ich stehen. Es war bitterkalt. Das Haus meiner Familie, die nun nicht mehr meine war, sah aus der Ferne gar nicht mehr so groß aus. Ich kletterte auf eine leichte Anhöhe, dann ruhte ich mich aus. Es war mittlerweile stockfinster geworden. Der Schnee glitzerte wie tausend Eiskristalle und fühlte

sich auch genauso an. Der zunehmende Mond verbreitete ein sanftes Licht. Von drinnen aus betrachtet, wäre es sicher ein schöner Anblick gewesen, doch hier draußen froren mir fast die Pfötchen ein. Die letzen Wochen in der Behaglichkeit des geheizten Hauses hatten mich wohl empfindlicher werden lassen. Außerdem knurrte mir der Magen. Doch dieses Mal fand sich kein Möbelwagen weit und breit, in den ich mich retten konnte. Wäre ich doch wenigstens in der Stadt! Dort war die Kälte sicher nicht ganz so schneidend, und ein geschütztes Plätzchen hätte ich auch gefunden! Hier dagegen war alles still und unheimlich. Und furchtbar kalt und einsam. Traurig trottete ich zurück zum Haus, vielleicht schaute Otto ja aus dem Fenster und ich konnte mich wenigstens aus der Ferne von ihm verabschieden?
„Miezi? Miezi?“, hörte ich plötzlich eine bekannte Kinderstimme. Jonas? Was machte der denn hier draußen?
„Miezi? Da bist du ja endlich! Ich habe dich schon überall gesucht! Los, komm, hier ist es doch eiskalt! Oder frierst du etwa nicht?“
Jonas hatte mich gesucht? Ich schluckte und blieb vor Schreck wie angewurzelt stehen. Der kleine Kerl war wirklich für jede Überraschung gut! Schnell hastete er durch den Schnee heran und nahm mich auf den Arm.
„Oh, du zitterst ja!“, stellte er entsetzt fest. „Arme Miezi! Es tut mir ja so leid! Los komm, ich lass mir was einfallen!“
Er öffnete seine Jacke und steckte mich hinein. Sofort wurde es mir wohlig warm. Sein kleines Herz pochte

ebenso aufgeregt wie meines, als wir uns dem Haus näherten.
„Du musst jetzt ganz leise sein, Miezi!“, sagte Jonas flehentlich. „Sonst erwischen sie uns. Ich nehme dich einfach mit in mein Zimmer, ja? Dann suchen wir ein Versteck für dich.“
Ich schnurrte ganz, ganz leise, um ihm zu zeigen, wie dankbar ich war. Immer noch fassungslos über mein unvorhergesehenes Glück kuschelte ich mich in Jonas' Jacke, während er die Treppen hinaufschlich.
„Oh, ein Dieb, ein Dieb!“, lärmte Otto, als er sein Schleichen bemerkte.
„Pst!“, machte Jonas jedoch und öffnete ganz vorsichtig seine Jacke, sodass ich meinen Kopf hinausstecken konnte.
„Miezi?“, fragt Otto verblüfft und sehr leise.
„Du darfst uns aber nicht verraten!“, verlangte Jonas.
Otto blinkerte nur mit seinen klugen schwarzen Knopfaugen, während Jonas seine Jacke wieder schloss. Er trug mich tatsächlich in sein unaufgeräumtes Zimmer, setzte mich auf sein Bett und zerwuschelte die Decke.
„Da kannst du dich schnell verstecken, wenn jemand kommt, verstanden?“
Ich war beeindruckt. Was nahm der Bursche da auf sich! Für mich! Ausgerechnet Jonas, der doch viel lieber einen Hund haben wollte. Das Zittern ließ etwas nach und machte einem tiefen Gefühl der Rührung Platz. Trotzdem schnürte mir die Angst fast die Kehle zu. Jetzt war ich wirklich illegal im Haus!

„Ich hol dir gleich was zu fressen!“, versprach er und setzte sein Vorhaben sofort in die Tat um. Er dachte sogar an einen Teller. Gierig stürzte ich mich auf mein Futter, während Jonas sich neben mich aufs Bett setzte.

„Ich lass mir was einfallen, du musst keine Angst haben!“, versprach er und schluckte heftig. Tränen schossen ihm in die Augen, bevor er mir ein ungeheuerliches Geständnis machte: „Schließlich ist das doch alles meine Schuld!“ Er schluckte noch heftiger und wischte sich eine Träne aus dem Auge. Und mir blieb fast der Thunfisch im Halse stecken – was um Himmels willen meinte Jonas damit?

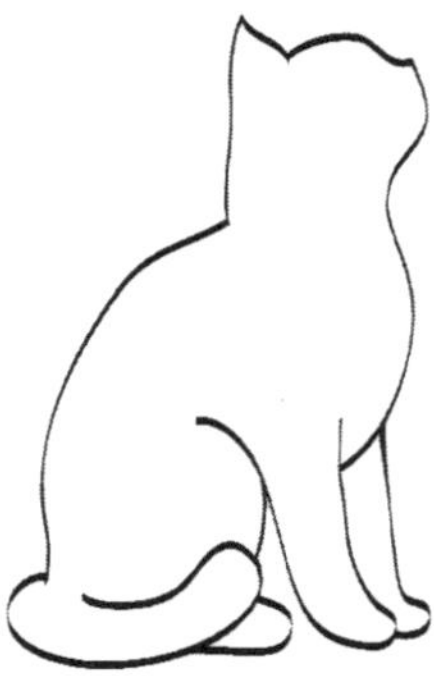

Ein unsicheres Versteck

Ich tat kein Auge zu in dieser Nacht. Das lag einerseits an meiner Situation, andererseits an Otto. Denn auch meinen Freund ließen die Geschehnisse im Haus nicht kalt. Also drehte er voll auf. Die Sterne glitzerten noch hoch am Himmel und ich überlegte mir gerade, was Jonas wohl mit seinem Geständnis gemeint haben könnte, als mich ein grässliches Motorengeräusch aus meinen Gedanken riss. Was war das denn?

„Tim? Unmöglich!“, hörte ich Manuela, die, so schnell es ihr Zustand erlaubte, die Treppe hinablief. „Das klingt mehr nach dem Mixer!“

„Dem Mixer?“, fragte Andreas ungläubig. Jonas’ Zimmer lag direkt neben dem Schlafzimmer seiner Eltern, sodass ich jedes Wort mitbekam. Andreas klang nun richtig ärgerlich, während Jonas sich unruhig hin und her wälzte. „Meinst du wirklich?“, hörte ich Andreas fragen. „Vielleicht probt der Kerl jetzt mit seinen Kumpels schon mitten in der Nacht irgendwelche alternativen Klänge?“

„Blödsinn, Schatz! Es ist zwei Uhr! Und überhaupt, das klingt nicht nach Musik, eher nach einem Küchengerät oder so!“

„Oder so? Was soll denn das heißen? Elektrische Geräte neigen nicht dazu, sich von allein einzuschalten!“, stellte er wütend fest. Das Geräusch wurde lauter und lauter und änderte die Tonfrequenz, während mir ein Verdacht kam.

Ich konnte meinen natürlichen Drang zur Neugierde kaum zurückhalten, ja, ich war schon fast an der Tür, als mir aufging, dass ich mich nicht mehr so einfach im Haus bewegen konnte. Ich war illegal hier, und wenn das herauskam, würde Jonas gewaltigen Ärger bekommen. Also machte ich kehrt und kuschelte mich wieder in die Bettdecke, sodass mich von der Tür aus niemand entdecken konnte, falls Manuela auf den Gedanken kam, nach Jonas zu sehen. Doch vorläufig stolperten die beiden erst einmal in die stockfinstere Küche, merkten aber schnell, wie falsch sie lagen. Der Lärm legte sich just in dem Moment, in dem sie unten angekommen waren, setzte aber erneut ein, als sie wieder ihr Schlafzimmer erreichten, nur dass es dieses Mal die Geräusche einer Eieruhr waren, die durchs Haus tönten.

Jonas machte die Augen auf und ich kuschelte mich an ihn.

„Das ist nur Otto!", mauzte ich leise, ehe mir einfiel, dass Jonas mich ja nicht verstand. Zum Glück war er gar nicht richtig wach, strich mir nur kurz über das Fell, bevor er sich umdrehte und weiterschlief.

Manuela und Andreas brauchten drei Anläufe, bis ihnen aufging, dass mit der Technik natürlich alles in Ordnung war.

„Otto?", fragte Andreas ungläubig ins gegenüberliegende Zimmer hinein. „Hey, Otto, bist du das?"

Danach ließ sich jedenfalls keiner mehr von Ottos Geräuschen hochschrecken, was allerdings dazu führte, dass sie den Wecker am nächsten Morgen auch nicht

ernst nahmen. Sie verschliefen. Und zwar alle, was zu einer gewaltigen Hektik führte. Die Pläne für diesen Samstagvormittag waren recht voll, wie ich ja noch mitbekommen hatte. Andreas war noch einmal mit Kollegen verabredet und wollte bei der Gelegenheit vorher Laura bei ihrer Freundin und den Professor in der Stadt vor der Bibliothek absetzen. Ich hatte mich sicherheitshalber unters Bett verkrochen, als Manuela in Jonas Zimmer kam und ihn weckte.
„Los, Schatz, wir sind zu spät dran, steh auf!“ Mein verschlafener kleiner Freund quälte sich hoch – und vergaß mich nicht!
„Bleib am besten hier, ich bring dir was zu fressen, ja? Lass dich bitte nicht erwischen!“, flehte er. „Ich muss unbedingt zu Konstantin!“
Er schlich sich tatsächlich nach dem Frühstück noch mal zu mir hinauf, unten trieb Manuela derweilen den Rest der Familie an.
„Jonas! Wo bleibst du denn? Wir haben heute keine Zeit zum Herumtrödeln! Dein Papa muss los und nimmt dich gleich mit. Es ist eisig da draußen!“
Wie zur Bestätigung ließ der Sturm die Fensterläden klappern und ein paar gefrorene Regentropfen peitschten gegen die Scheibe. Allein der Gedanke, dass ich bei diesem furchtbaren Wetter die Nacht beinahe hätte draußen verbringen müssen, ließ mein Herz fast erstarren.
„Ich komm gleich, ich hab nur was vergessen!“, rief Jonas seiner Mutter zu und stellte mir Milch hin. In einem Gefäß, das eindeutig nicht für mich bestimmt war.

„Ich habe deins nicht gefunden!“, entschuldigte er sich für das geblümte Müslischälchen. Als er weg war, starrte ich verdrießlich und ein wenig deprimiert auf meine Milch. Hatten die mein Schälchen etwa schon weggeworfen? War Manuela so furchtbar sauer auf mich, dass sie alles, was sie an mich erinnerte, noch gestern Abend entsorgt hatte? Mir war der Appetit schlagartig vergangen. Ich brauchte mehrere Anläufe, bis ich mir wirklich sicher war, dass alle aus dem Haus waren und ich mich aus Jonas Zimmer, der seine Tür extra nicht fest eingeklinkt hatte, heraustraute.
„Manuela ist noch mal schnell zum Bäcker gefahren!“, informierte mich Otto, als ich mich dann doch endlich getraut hatte. „Mit Angelika Sperber, denn laufen wollten sie bei dem Wetter nicht!“
Der Sturm peitschte erneut gegen die Fenster, die Wipfel der Bäume bogen sich heftig und mir stellten sich die Nackenhaare auf.
„Ach Otto!“, stöhnte ich. „Wie soll das nur weitergehen? Ich kann mich doch nicht für den Rest meines Lebens verstecken? Und warum Jonas das getan hat, verstehe ich ehrlich gesagt auch nicht!“
Ich berichtete meinem Freund von Jonas merkwürdigem Geständnis.
„Wieso meint er, dass das seine Schuld ist?“, rätselte nun auch Otto und schüttelte verwirrt den Kopf. „Es sei denn …“ Otto pfiff erstaunt und ich sah ihn erschrocken an.
„Jonas?“, hauchte ich entgeistert. „Aber warum? Ich meine, was für ein Motiv sollte er haben?“

Otto gluckste. „Welches Motiv hätte die Rode gehabt?"
Auch wieder wahr, stellte ich fest und erkannte – leider zu spät –, dass ich danach eigentlich nie gefragt hatte.
„Siehst du, ich hab dir ja gesagt, übereile nichts!"
„Das hilft mir jetzt auch nicht weiter!", murrte ich. Dass ich Ottos Warnung in den Wind geschlagen hatte, bereute ich am allermeisten.
„Wir müssen den wahren Dieb finden, dann wird Manuela erkennen, dass sie dich zu Unrecht aus dem Haus geworfen hat!", stellte Otto nun sachlich fest, als er sah, wie niedergeschlagen ich war. „Glaub mir", er hüpfte ganz nah zu mir heran, „Manuela hat ein gutes Herz und ist ausgesprochen gerecht. Wenn sie einsieht, dass sie einen Fehler gemacht hat, dann wird sie ihn zugeben und wiedergutmachen! Da ist sie genau wie der Professor!"
Ich hoffte inständig, dass Otto Recht behielt, auch wenn mir nicht klar war, wie wir den Irrtum aufklären sollten.
„Du musst jetzt erst einmal sehr vorsichtig sein, Miezi", trichterte mir Otto ein. „Wenn alle im Haus sind, dann beweg dich nicht aus Jonas' Zimmer fort. Bei angelehnter Tür entgeht dir mit deinem gigantischen Gehör doch sowieso nichts im Haus. Den Rest übernehme ich – ich behalte alle im Auge, versprochen!"

Unten hörten wir die Tür klappen, Manuela kam mit Angelika Sperber zurück und ich huschte ganz fix zu-

rück in Jonas' Zimmer. Zumindest nahm ich es mir vor, denn als ich meinen Namen aufschnappte, blieb ich abrupt stehen.
„Ich weiß wirklich nicht, wie es Miezi gelungen ist, sich hier so lange einzuschleichen!“, hörte ich Manuela sagen. „Aber ich habe irgendwie selbstverständlich angenommen, dass sie hierher gehörte, und mein Onkel hat ernsthaft geglaubt, wir hätten sie mitgebracht! Als ob ich ihm das verschwiegen hätte!“ Sie seufzte. „Wissen Sie, ich habe mich ja von Anfang an darüber gewundert, dass hier so gar nichts auf eine Katze hindeutete. Aber irgendwie habe ich mich dann einfach damit zufriedengegeben! Und wo sie überhaupt hergekommen ist, weiß ich wirklich nicht, niemand von uns weiß das.“
„Und nun ist Miezi weg?“, fragte Angelika Sperber. Sie klang wirklich beunruhigt, stellte ich fest. „Aber da draußen ist es eiskalt und wer weiß, ob sie hier was zu fressen findet!“
„Ich wollte sie ja auch eigentlich heute ins Tierheim bringen, aber sie ist uns entwischt!“, gab Manuela zu. „Halten Sie mich nicht für einen Tierfeind, ich war ja wirklich bereit, sie hier zu akzeptieren, aber es geht wirklich nicht an, dass sie alles verschleppt und sogar Geld stiehlt! Und dann diese Aktion mit der Tasche von Frau Rode, ich bitte Sie! Da blamiere ich mich ausgerechnet vor dieser Frau und musste mich dafür dann auch noch entschuldigen! Es reicht ja schon, dass mein Onkel sie mir überlässt, wo sie doch nur ständig kommt, um ihn zu sehen. Aber er verdrückt sich ja jedes Mal!“

Angelika Sperber lachte auf. „Das ist Ihnen also auch schon aufgefallen!“
Manuela fand das wohl weniger lustig, denn sie lachte nicht.
„Ich möchte Sie mal aufklären“, sagte Angelika Sperber. „Dieses Geplänkel zwischen den beiden geht schon jahrelang. Sie versucht, ihn irgendwie einzufangen, und er geht ihr gekonnt aus dem Weg. Es ist eben seine Art, ihr zu zeigen, dass er keinen Wert auf eine Intensivierung ihrer Beziehung legt. Er kann ihr ja schließlich schlecht sagen, dass er sie für, sagen wir mal, intellektuell unter seinem Niveau hält!“
Nun musste auch Manuela lachen. „Verstehe ich ja alles, aber wissen Sie, sie hat mich angesehen gestern, als Miezi ihr die Tasche vom Tisch gehauen hat, als ob ich einen Drachen auf sie gehetzt hätte! Ich habe ja ohnehin ständig das Gefühl, ihr zu Dank verpflichtet zu sein, wegen dem Kostüm für Jonas und solchen Dingen. Jetzt hat sie mir auch noch Gardinen aufgenötigt!“
„Sie ist einsam und hat niemanden. Ich denke, ehrlich gesagt, nicht, dass sie Hintergedanken dabei hegt, wenn sie ein Kostüm näht. Ich glaube vielmehr, dass sie froh über jede Art von Ablenkung und Gesellschaft ist. Und die hat sie hier bei Ihnen!“
Na, schönen Dank auch, dachte ich. Das war ja eine hübsche Erklärung für ihre Penetranz. Das sah Manuela wohl ganz ähnlich, denn sie sagte nun gar nichts mehr. Dafür sprach Angelika Sperber weiter.
„Sie hätten ja auch versuchen können, Miezi zu erziehen. Mal ehrlich, was soll eine Katze denn mit einem

Geldschein? Ihre Perlenkette, okay, damit kann sie spielen, aber mit Geld?“

„Normalerweise würde ich Ihnen zustimmen, aber momentan habe ich für die Erziehung einer schwierigen kleinen Hauskatze ehrlich gesagt keinen Nerv. Deshalb kriegt Jonas auch keinen Hund. Weil die Arbeit an mir hängenbleiben würde, egal, was alle versprechen. Und wenn das Baby erst mal da ist, verzeihen Sie mir, dass ich hier Prioritäten setze, dann geht das erst mal vor. Außerdem, Tims iPod ist ja auch noch verschwunden und denken Sie nur mal an das Siegel von meinem Onkel!“, erinnerte Manuela. Nun sagte auch Angelika Sperber nichts mehr. Vielleicht weil ihr deutlicher als jedem anderen klar war, was das Siegel für den Professor bedeutete. Trotzdem, ihr Versuch, sich für mich einzusetzen, rechnete ich ihr hoch an.

Ich schlich mich in Jonas' Zimmer und versteckte mich unter dem Bett. Nach den Geschehnissen der letzten vierundzwanzig Stunden war ich fix und fertig. Mir fielen fast augenblicklich die Augen zu. Ich war so erschöpft, dass ich Manuela erst bemerkte, als sie schon im Zimmer stand. Ich duckte mich gleich noch ein bisschen tiefer. Natürlich entdeckte Manuela prompt mein Milchschälchen, der Frau fiel aber auch alles auf!

„Was soll das denn?“, murmelte sie und hob es ächzend auf. Bücken fiel ihr nicht mehr so leicht. Mein Glück, weil sie deshalb gar nicht erst auf den Gedanken kam, einen Blick unters Bett zu werfen. Im selben Moment hörte ich unten Getrampel. Jonas!

Manuela fing ihren Jüngsten an der Treppe ab und hielt ihm das Schälchen unter die Nase.
„Ich hatte noch Hunger in der Nacht!“, ließ er sich spontan eine gar nicht mal so schlechte Erklärung einfallen. Manuela schimpfte noch ein bisschen, gab sich aber damit zufrieden. Gemeinsam mit Jonas war Konstantin gekommen. Offenbar hatte Jonas seinem kleinen Freund kein Wort von mir gesagt, denn als Jonas mit einem Teller voller Thunfischstücke zu mir kam, war er allein.
„Es sind bestimmt die falschen!“, jammerte er. „Sie haben in Öl geschwommen und da habe ich sie abgewaschen, ich hoffe, du magst sie trotzdem. Dein Katzenfutter hat Mama schon in einen Beutel getan und da bin ich gerade nicht rangekommen. Aber ich sehe zu, was ich machen kann!“
Widerwillig naschte ich ein paar von den immer noch fettigen Thunfischstückchen. Sie schmeckten scheußlich, also ließ ich es lieber sein, ehe ich mir noch den Magen verdarb.
Jonas und Konstantin lärmten in gewohnter Weise durchs Haus, daran änderte auch das Kommen des Professors und Andreas’ nichts. Zumindest ließ Jonas’ Verhalten bei niemandem einen Verdacht aufkommen, während ich gedanklich die ganze Zeit damit beschäftigt war, mir wenigstens einen halbwegs vernünftigen Notfallplan auszudenken. Was, wenn ich hier ertappt wurde? Dann hätte ich sicher keine Gelegenheit mehr, zu entwischen, und würde unweigerlich im Tierheim landen. Allein bei diesem Gedankengang übermannte mich

die Panik. Ich dachte an die Männer, die meine Familie eingefangen hatte, die hatten wirklich nicht zimperlich ausgesehen. Ob man aus dem Tierheim flüchten konnte? Laut Otto war das dort wie in einem Gefängnis, keine Chance auf Entkommen. Egal wie, dazu durfte es keinesfalls kommen. Dann wollte ich schon lieber draußen leben. Wenn es mir gelang zu fliehen, konnte ich immer noch darauf hoffen, irgendwo einen Unterschlupf zu finden oder eine Möglichkeit, zurück in die Stadt, in mein altes Revier, zu kommen. Ich dachte an unsere Ruine und die Kopfsteinpflasterstraße. Da kannte ich mich wenigstens aus, wusste, wo ich Nahrung und ein ruhiges Plätzchen fand. Die Möglichkeit, mich bei Andreas im Wagen einzuschleichen, schloss ich aus. Er war viel zu umsichtig, als dass mir das gelingen könnte. Dann schon eher bei Tim. Wenn er mit Laura zusammen war, war er vielleicht nicht so aufmerksam. Aber wer weiß, wo der in der Stadt hinfuhr? Meine Gedanken drehten sich im Kreis und so bemerkte ich gar nicht, wie der Nachmittag verrann. Am Abend gelang es Jonas dann tatsächlich, mir mein Katzenfutter zu besorgen – ich schlug mir den Bauch voll und verkrümelte mich so weit unter sein Bett wie möglich.

Der vierte Advent war der traurigste, den ich hier erlebte. Andreas hatte trotz neuerlicher morgendlicher Ruhestörung durch Tims Band das Frühstück gemacht, während Laura aufgeregt hin und her hopste. Weil ständig jemand durchs Haus lief, blieb mir der

Weg aus Jonas' Zimmer versperrt. Immerhin versorgte er mich reichlich mit Futter. Zu reichlich, denn statt einer Dose öffnete er immer gleich zwei, das musste Manuela ja irgendwann auffallen.
„Ich hätte schwören können, dass ich mehr Katzenfutter in den Beutel getan habe!“, wunderte sie sich. Jonas hörte ich nun gar nichts mehr sagen, dafür meldete sich Laura zu Wort.
„Ich habe draußen was für Miezi hingestellt!“, gab sie zu und hörte sich dabei nicht mal schuldbewusst an. „Sie hat sicher Hunger, Mama. Wo es doch schon so kalt da draußen ist!“
„Sie hätte ja nicht wegzurennen brauchen!“, entgegnete Manuela. „Ich bin doch kein Tierhasser! Das habe ich Angelika Sperber auch schon erklärt. Aber hier kann sie nicht bleiben, nicht wenn sie so viele Schwierigkeiten macht. Ich bin sicher, im Tierheim hätte man eine nette Familie für sie gefunden. Vielleicht eine ältere Dame, die genügend Zeit hat, sich ihrer Erziehung zu widmen!“
Konstantins Auftauchen unterbrach die Diskussion. Vor dem Adventssingen wollten er und Jonas noch das nächste Modellbauprojekt mit dem Professor besprechen. Auch wenn ihr dritter Mann, Felix, dazu offensichtlich keine Lust mehr hatte, die beiden waren jedenfalls Feuer und Flamme und konnten es gar nicht erwarten, mit neuen Bastelarbeiten loszulegen.
„Frau Köhler war richtig begeistert!“, versicherten sie dem Professor, der sich angesichts des Interesses der beiden Jungen sichtlich geschmeichelt fühlte. Erst als

alle zum Adventssingen aufbrachen, konnte ich mich wieder frei bewegen.

Die folgende Zeit war für mich schrecklich langweilig. Meine Familie genoss die Vorweihnachtsstimmung, und ich musste mich verstecken. Auch wenn Jonas mich übermäßig gut mit Futter versorgte, fiel es mir extrem schwer, mein Versteck nicht zu verlassen. Oft hielt ich es einfach nicht mehr aus. Ich tigerte auf Samtpfoten durchs Haus und sprang schnell unter die Kommode im Flur oder versteckte mich hinter der Tür im Arbeitszimmer, sobald ich Schritte hörte. Zum Glück war Manuela in ihrem Zustand alles andere als leise, wenn sie die Treppe hoch oder runter musste. Und auch Laura war in ihrer Verliebtheit so beschwingt unterwegs, dass sie einfach nicht zu überhören war. Trotz meiner Situation freute ich mich für sie: Was hatte sie sich verändert! Kein Gejammer und Gezeter mehr, stattdessen war sie fröhlich und gut gelaunt und konnte es kaum erwarten, Tim zu sehen. Nur ihr Handy vermisste sie offensichtlich sehr, denn von Zeit zu Zeit bekam ich mit, wie sie hinter einen Schrank lugte oder unter einem im Gästezimmer abgestellten Sessel nachschaute. Und genau das war es auch, was mich umtrieb: Irgendwo musste das Ding doch sein! Auch Tims vermisstes Gerät! Und selbst Manuelas Perlenkette konnte keinesfalls von allein in den Garten gekommen sein – irgendjemand war dafür verantwortlich. Natürlich beobachtete ich Jonas genau. Sein merkwürdiges Schuldeingeständnis war mir

im Gedächtnis geblieben. Aber ich entdeckte keine Auffälligkeiten. Er benahm sich wie immer.
„Er war es bestimmt gar nicht, und wir sind wieder auf dem Holzweg!“, sagte ich zu Otto. Die Gespräche mit Otto fehlten mir mit am meisten. Neben der Zuneigung meiner Familie natürlich, die ich am allermeisten vermisste. Ein zärtliches Streicheln im Vorbeigehen, ein freundlicher Blick – hätte ich es nie kennengelernt, würde ich jetzt nicht so leiden, stellte ich traurig fest. Früher, auf der Straße, hatte es mir nichts ausgemacht, von den Menschen ignoriert zu werden. Doch jetzt? Aber das hier waren auch keine gewöhnlichen Menschen! Das war die Familie, bei der ich nur zu gern bleiben würde.

Während ich am Dienstagnachmittag mit Otto zahlreiche Möglichkeiten meiner Rehabilitation diskutierte, stürmten Jonas und Konstantin ins Haus und schnurstracks die Treppe nach oben. So schnell konnte ich gar nicht in Deckung gehen, deshalb blieb mir nur das Schlafzimmer, da irgendjemand die Tür zu Jonas' Zimmer zugemacht hatte. Mit einem Satz landete ich unter dem Bett und kam gar nicht dazu, mir zu überlegen, dass ich noch nie zuvor in diesem Raum gewesen war.
„Wenn der Professor kommt, sagen wir es ihm, ja?“, hörte ich Konstantin sagen. „Die Grabeskirche! Ist viel spannender als die Dorfkirche! Außerdem passt sie besser zu unserer Geburtskirche, man kann die beiden dann zusammen ausstellen! Hey, vielleicht werden wir ja sogar richtig berühmt!“

Der Professor unterbrach ihr Geplapper – und schloss die Schlafzimmertür! Nun saß ich in der Falle, denn einen anderen Ausgang gab es nicht. Unschlüssig sah ich mich um: mehrere große Schränke, zwei Nachttische, eine Frisierkommode, die eher so aussah, als würde sie von Manuela als Zwischenlager für diverse Gegenstände genutzt, für die sie sonst keinen anderen Platz hatte. Und natürlich war das Fenster auch verschlossen. Normalerweise hätte ich jetzt kläglich gemauzt, sodass mich jemand herausgelassen hatte, aber in meiner Situation konnte ich mir das nicht erlauben. Ich bekam eine ganz trockene Kehle. Vor allem, als mir einfiel, dass ich meinen provisorischen Futternapf nicht ganz leer gefressen hatte. Was, wenn Manuela diesen nun fand?
Es blieb mir nichts anderes übrig, als darauf zu warten, dass Manuela und Andreas schlafen gingen. Ich saß unter dem Bett und wartete. Es war schon dunkel, als ich Schritte hörte. Andreas! Er kam ins Zimmer und schloss sofort wieder die Tür! Nichts war's mit Entwischen! Dann beobachtete ich ihn dabei, wie er ein Flasche oder Dose in den Kleiderschrank stellte. Was das wohl sollte? Als er damit fertig war, zog er noch einen anderen, verpackten Gegenstand aus der Tasche und verstaute ihn im Nachttisch. Dann war er so schnell wieder draußen, dass ich keine Möglichkeit zur Flucht hatte. Ich richtete mich schon auf weitere Stunden der Warterei ein, als Jonas die Klinke herunterdrückte und vorsichtig ins Zimmer lugte.

„Miezi?“, flüsterte er. „Bist du hier?“ Mit einem Satz sprang ich ihm entgegen. Er schnappte mich und brachte mich schnell in sein Zimmer.
„Du darfst nicht weglaufen, Miezi!“, flehte er mich an. „Wenn dich jemand sieht! Bleib schön hier, ja?“
Schuldbewusst miaute ich leise. Er hatte ja Recht! Ich durfte ihn nicht in Gefahr bringen! Aber hatte er überhaupt eine Vorstellung davon, wie es war, sich nicht mehr frei bewegen zu können? Und wie langweilig?
Keinen Meter bewegte ich mich aus dem Zimmer heraus, doch am Mittwochvormittag wurde es noch schlimmer: Manuela startete einen neuerlichen Großputz. Sie saugte zwar dieses Mal Ottos Futter nicht weg, dafür nahm sie sich Jonas' Zimmer vor. Und fand mein zum Glück fein säuberlich abgelecktes Tellerchen. Mich nicht, denn ich war schnell in einen Schrank gehopst und direkt auf irgendwelchem Spielzeug gelandet. Das Gerumpel, das ich so veranstaltete, ignorierte Manuela zu meiner großen Erleichterung. Trotzdem bekam Jonas den Teller unter die Nase gehalten, als er von der Schule nach Hause kam! Laura war an diesem Tag auch zeitig zurück und zu ihrem großen Leidwesen hatte Tim keine Zeit. Als dann auch noch im Minutentakt Konstantin, der Professor und Andreas kamen, war das Haus voller Leute. Ich verkroch mich wieder unter dem nun frisch bezogenen Bett, während unten auch noch Erika Rode um Einlass bat. Jonas sah ein paar Mal nach, ob ich noch unter dem Bett saß, und lief danach immer wieder ins Arbeitszimmer zu seinem neuen Bauprojekt, wo Konstantin schon auf ihn war-

tete. Dachte ich zumindest. Aber auf einmal wurde es richtig laut im Flur. Erika Rode, wie ich unschwer erkannte, schimpfte plötzlich los, so hatte ich sie noch nie erlebt!

„Du kleiner Schlingel, habe ich dich erwischt! Was fällt dir ein, in meiner Handtasche herumzukramen! Haben deine Eltern dir keine Manieren beigebracht? Und was hast du da rausgenommen? Fünfzig Euro aus meiner Geldbörse? Ja, sag mal, du bestiehlst mich …“

Mir blieb vor Schreck jedes Miau im Halse stecken. Natürlich kamen die anderen sofort angelaufen, alles stürmte nach unten in den Flur. Sogar Jonas und der Professor.

„Du wolltest doch nur zur Toilette!“, tadelte der Professor. Ich wagte mich, angeführt von Otto, den ich an der Tür traf, in den Flur.

„Der Dieb! Der Dieb!“, krächzte Otto aufgebracht. Konstantin sagte kein Wort, er weinte nicht mal, er stand lediglich regungslos im Flur und ließ alles mit sich geschehen! Und Jonas stand wie erstarrt auf der untersten Stufe, direkt neben seinen Freund. Andreas fasste sich als Erster.

„Konstantin, warum hast du das Geld aus Frau Rodes Tasche genommen?“, wollte er wissen. Er hörte sich dabei noch nicht einmal besonders streng an, fand ich.

„Junge, mach den Mund auf!“, verlangte nun der Professor, dem die Situation sichtlich ungenehm war. „Frau Rode, ich weiß gar nicht, was ich sagen soll!“, rechtfertigte er sich unsinnigerweise für Konstantins Verhalten. „Aber ich dachte doch nicht im Traum daran, dass man den Jungen nicht mal allein zur Toilette gehen lassen kann!"

Nun hatte auch Manuela ihre Sprache wiedergefunden. „Komm mit ins Wohnzimmer, wir unterhalten uns mal unter vier Augen!", verlangte sie und schob Konstantin ins Wohnzimmer. Was drin gesprochen wurde, konnte ich beim besten Willen nicht verstehen. Dafür ging das Tohuwabohu im Flur weiter. Erika Rode echauffierte sich lautstark über die frechen Kinder von heute, die keinerlei Respekt mehr vor dem Eigentum anderer hatten, während sich Andreas auf Jonas stürzte. Der sackte mehr und mehr zusammen. Irgendwann sah ich nur, wie Andreas Jonas schnappte und mit ihm ebenfalls im Wohnzimmer verschwand.

„Frau Rode, es tut mir aufrichtig leid!", versicherte der Professor immer wieder, doch so richtig beruhigen wollte die sich nicht. Auch nicht, als Laura ihr eine Tasse Tee in die Hand drückte und sie in Richtung Küche schob.

„Setzen Sie sich vielleicht erst mal!", schlug sie vor. Während Otto unten munter umherflatterte, rang ich noch mit mir. Meine Neugier war schier grenzenlos. Vielleicht, so hoffte ich inständig, klärte sich ja endlich alles auf! Ob das allerdings auch für mich Konsequenzen hatte, und wenn ja, welche, daran dachte ich lieber nicht. Nein, ich wagte gar nicht ernsthaft darauf zu hoffen, dass Manuela ihre Meinung über mich ändern würde.

Eine gefühlte Ewigkeit später kamen sie alle wieder aus dem Wohnzimmer heraus. Und machten dabei sehr

ernste Gesichter. Konstantin hatte geweint, so viel konnte ich erkennen.
„Es tut mir leid, ehrlich!“, flüsterte er kaum hörbar. Erika Rode fing den warnenden Blick von Andreas zwar auf, konnte sich aber eine gehässige Bemerkung über seine Erziehung doch nicht verkneifen.
„So einfach ist es leider nicht!“, ergriff nun die sichtlich mitgenommene Manuela das Wort. Ihre Hand ruhte auf Jonas Schulter, der sich dadurch kaum wegbewegen konnte. „Konstantin hat Ihr Geld gestohlen, weil er in der Schule von einem älteren Jungen bedroht wird! Der nimmt ihm nicht nur regelmäßig sein Taschengeld weg, sondern droht auch, ihn zu verprügeln oder seine kleine Schwester zu schlagen. Die ist fünf und geht noch in den Kindergarten.“
Nun war auch Erika Rode sichtlich schockiert. „Aber warum sagst du so etwas denn nicht deinen Eltern?“, fragte sie entsetzt.
„Weil der gleiche Junge das auch schon mit einem anderen Kind gemacht hat. Als das zu den Eltern gegangen ist und die ihn zur Rede gestellt haben, hat er alles abgestritten. Danach hat er den Jungen so heftig gemobbt, dass er die Schule wechseln musste. Das wollte Konstantin nicht. Er hat ernsthaft geglaubt, wenn er ihm alles gibt, dann lässt er ihn in Ruhe!“
„Hast du etwa mein Siegel mitgehen lassen?“, fragte nun der Professor. Konstantin senkte den Kopf. Es dauerte ein paar Sekunden, bis er nickte. Der Professor war fassungslos.
„Aber Junge, du wusstest doch um seinen Wert!“

„Ja, aber das Handy, der iPod und was wir ihm sonst noch gegeben haben, waren doch nicht genug!“, mischte sich nun Jonas ein. „Da hat Konstantin, da haben wir, gedacht, wenn wir ihm was richtig Wertvolles geben, dann hat er Ruhe! Und du hast doch selbst gesagt, es ist eine Kopie und das Original ist im Museum gut aufgehoben! Das weiß der Tobias doch gar nicht!“
Der Professor schüttelte fassungslos den Kopf, während Laura aufhorchte.
„Du hast diesem Kerl mein Handy gegeben? Ich suche das Teil seit einer Ewigkeit, ich dachte schon, ich hätte es wieder verloren, und nun sagst du mir, es war diesem Tobias nicht genug? Na, dem werde ich was erzählen! Jonas! Du zeigst mir diesen Kerl und dann nehme ich ihn mir vor! Der hat gefälligst mein Handy wieder rauszurücken, und zwar heute noch!“
Andreas hatte viel Mühe, Laura davon abzubringen, gleich mit Jonas, der sich heftig wehrte, loszuziehen.
„Überlass das mir!“, verlangte er in einem Ton, der keinen Widerspruch duldete.
„Es tut mir leid!“, flüsterte Jonas und sah seine Eltern verzweifelt an. „Ich habe mich aber nicht getraut, euch was zu sagen, weil ihr dann was unternommen hättet! Und das wollte Konstantin nicht – ich hatte es ihm doch versprochen, nichts zu sagen!“
Nun kullerten bei meinem kleinen Helden tatsächlich die Tränen. Manuela nahm ihn tröstend in den Arm und streichelte ihn liebevoll.
„Siehst du, ich habe mich auch geirrt!“, gab sie plötzlich zu. „Ich habe gedacht, Miezi hätte meine Perlen-

kette in den Garten zum Spielen verschleppt! Aber ich konnte doch nicht ahnen, dass Konstantin sie hat mitgehen lassen!"
Mir stockte das Herz.
„Diese Bengel …", begann Frau Rode. Weiter kam sie nicht, denn der Professor schob sie sanft, aber entschieden Richtung Tür. „Ich bringe Sie jetzt erst mal nach Hause, Frau Rode. Sie stehen noch unter Schock!", verkündete er und nickte Andreas zu. „Kümmert ihr euch um die Jungs? Und du, Laura, schau doch mal, ob Miezi sich vielleicht doch draußen irgendwo in der Nähe herumtreibt!"
Jonas schluckte heftig. Mit bis zum Hals klopfenden Herzen hörte ich, wie er seiner Mutter ein Geständnis machte.
„Miezi ist in meinem Zimmer!", flüsterte er. „Ich konnte sie doch nicht draußen lassen!"
Und bevor ich es verhindern konnte, machten sich meine Pfoten selbstständig – ich sauste wie ein geölter Blitz die Treppe hinab.

Das Christkind kommt

Unten angekommen, wagte ich mich keinen Millimeter weiter. Erschrocken über meine eigene Unverfrorenheit schlich ich um Jonas' Beine. Laura fasste sich als Erste: „Unser Jonas ist ja ein richtiger Held! Kein Wunder, dass ich dich draußen nicht finden konnte, Miezi!"

Es dauerte nur einen kurzen Moment, bis mich Manuela schnappte. Mein Herz schlug gleich ein paar Takte schneller, denn besonders erfreut sah sie nicht gerade aus. Doch Otto behielt letztendlich Recht!

„Komm her, Miezi!", flüsterte sie. „Das konnte ja nun wirklich keiner ahnen, was hier los ist. Erst läuft uns eine Katze zu, dann wird Jonas' Freund bedroht! Immerhin, du bist wohl doch eine ganz Liebe, also Schluss mit dem Versteckspiel! Von mir aus kann Miezi vorläufig hierbleiben!"

Jonas jubelte, Laura auch, selbst der Professor sah zufrieden aus – doch mir hallte nur ein Wort in den Ohren: vorläufig!

„Das hat nichts zu bedeuten!", versuchte mich Otto zu beruhigen. Nach der ganzen Aufregung hatte Manuela meine Schlafdecke aus der Truhe im Flur genommen und wieder an ihren alten Platz gelegt. Nun hatte ich es mir darauf gemütlich gemacht und versuchte, den ganzen Kummer der letzten Tage zu vergessen. Währenddessen ließ die Anspannung im Hause nicht nach, denn Andreas hatte sich entschlossen, Konstantin nach Hause zu bringen.

„Seinen Eltern wird nicht gefallen, was ich ihnen zu erzählen habe!“, vermutete er.
„Klar, mir gefällt es auch nicht!“, brummte Manuela. „Immerhin steckt Jonas da auch mit drin. Er wollte seinem besten Freund schließlich helfen. Vergiss bloß nicht, hinterher bei Felix vorbeizufahren. Noch glaube ich nicht so recht, dass der Bursche wirklich keine Ahnung von all dem haben soll.“

Natürlich kam niemand zur Ruhe. Selbst der Professor schlich aufgeregt von einem Zimmer ins nächste und legte Otto im Viertelstundentakt neue Körner hin.
„Wenn ich das alles fresse, werde ich dick und fett und flugunfähig!“, grummelte Otto. Mir konnte er mit seinem mürrischen Ton nichts vormachen. Im Grunde seines Papageienherzens war Otto ein feiner Kerl. Zum Glück war wenigstens Laura mit Tim beschäftigt, den die Neuigkeiten auch umhauten.
„Ich bin wohl doch schon zu alt, zu meiner Grundschulzeit gab es so was jedenfalls nicht. Aber diesen Tobias kenne ich, der wohnt unten im Dorf, den nehme ich mir vor!“, versprach er Jonas, der irgendwie immer noch ängstlich aussah.
Es war schon spät, als Andreas nach Hause kam. Der Professor folgte ihm ins Wohnzimmer, dann wurde die Tür geschlossen. Ich schlich mich die Treppe hinab, wobei mir Jonas, von Neugierde getrieben, folgte. Während dieser sich sichtlich mühte, etwas zu erlauschen, verstand ich jedes Wort.

„Konstantins Eltern hatten keine Ahnung!“, hörte ich Andreas sagen. „Sie sind völlig schockiert und können es kaum glauben. Gemeinsam mit Konstantins Vater bin ich morgen früh mit Frau Köhler verabredet …“
Zumindest das Letzte hatte Jonas verstanden, denn er wurde ganz bleich.
„Auweia, die wird sicher ganz böse sein!“, flüsterte er.
Und ich beschloss, in dieser Nacht bei meinem kleinen Helden zu bleiben, denn dass Jonas gut schlafen würde, glaubte ich nicht.

Nach einer unruhigen Nacht war es Jonas deutlich anzumerken, wie sehr ihm vor der Schule graute.
„Es wird schon nicht so schlimm werden!“, versicherte ihm Laura und freute sich ganz besonders ausgiebig über den merkwürdigen Sinnspruch in ihrem Kalender. Dann verließen sie alle recht schweigsam das Haus, während Manuela ihnen ebenso schweigsam hinterherblickte.
„Komm, Miezi, Frau Rode wird sicher gleich kommen!“, prophezeite sie und behielt Recht. Immerhin war diese nicht mehr halb so aufgebracht wie am Vortag und sie brachte nicht nur Plätzchen für Manuela mit, sondern für mich auch eine Dose Katzenfutter.
„Damit die arme kleine Katze entschädigt wird!“, erklärte sie der verdutzten Manuela und freute sich sichtlich, dass auch der Professor ausnahmsweise nicht Reißaus nahm.
„Weißt du, was mir letzte Nacht eingefallen ist?“, fragte Manuela ihren Onkel. „Wir wissen gar nicht, ob Miezi nicht jemandem gehört!“

Der Professor kratzte sich nachdenklich am Hinterkopf, während Erika Rode sofort einhakte.
„Aber meine Liebe, wenn überhaupt, dann nur jemandem in der Stadt! Sie kam doch mit Ihnen mit dem Umzugswagen! Ich habe genau gesehen, wie sie von der Ladefläche gesprungen ist!"
Manuela überlegte kurz. „Nun ja, vielleicht sollten wir irgendwo nachfragen? Im Tierheim vielleicht?" Da war es wieder – dieses böse Wort! Und zu allem Unglück griff Manuela auch gleich zum Telefon. Als sie zurückkam, war meine Erleichterung grenzenlos.
„Dort ist nichts bekannt!", erklärte sie. „Niemand vermisst eine Katze wie Miezi. Außerdem sind die total überfüllt!"
Das ließ doch hoffen.
Als Jonas aus der Schule kam, war seine Laune schon besser. Andreas berichtete Manuela die Neuigkeiten: „Frau Köhler hat mit der ganzen Klasse gesprochen und was soll ich dir sagen, dieser Tobias hat parallel zu Konstantin noch einen anderen Jungen erpresst. Der stand kurz davor, sich seinen Eltern anzuvertrauen. Nun geht die Sache an den Rektor. Wir haben uns auch überlegt, Patenschaften mit älteren Schülern zu organisieren, sodass die Kinder notfalls auch da jemanden haben, wenn Probleme auftreten. Ich fürchte nur, dass Laura ihr Handy abhaken kann. Und du wohl dein Siegel auch. Es sei denn, dieser Lümmel rückt es wieder raus. Übrigens, Felix hat uns glaubhaft versichert, dass er wirklich von nichts wusste. Konstantin hatte sich nur Jonas anvertraut."

Damit erklärte Andreas die Angelegenheit erst einmal für erledigt und versicherte Jonas, dass seine Freunde trotzdem weiter willkommen waren.
„Im Auge behalten werden wir euch trotzdem!“, meinte Manuela. Entsprechend brav benahmen sich Konstantin und Felix auch am Freitag, ihrem ersten Ferientag.

Dann war es so weit: Der Heiligabend war da. Otto hatte mich aufgeklärt: „Das ist Jesu Geburtstag. Er wurde in einem Stall geboren zwischen den ganzen Tieren. Ich kann mir übrigens nicht vorstellen, dass wir Tiere ihm völlig egal sind. Du weißt doch, wer Jesus ist, oder? Der Sohn Gottes. Die Menschen feiern seinen Geburtstag ganz groß!“
Jonas lenkte sich mit Weihnachtsbasteleien ab, und ich bemühte mich nach Kräften, niemandem im Weg zu sein.
„Kann ich oben noch ein paar Weihnachtssterne aufhängen?“, fragte Jonas seine Mutter. Sie nickte ergeben.
„Aber klettere nirgends hoch!“, rief sie ihm hinterher, was Jonas' Möglichkeiten deutlich einschränkte. Ich schlich hinterher, irgendwie ahnte ich Böses, als er mit seinen beiden neuesten Kreationen in unser Zimmer stürmte.
„Der ist für dich, Otto!“, erklärte er gerade feierlich und band einen goldenen, mit grünen Leuchtpunkten verzierten Weihnachtsstern direkt an Ottos Stange. Der war sicherheitshalber in Deckung gegangen und beäugte den Stern kritisch von der Gardinenstange aus.

Als Jonas dann allerdings mit dem zweiten Stern auf mich zukam, hätte ich mich am liebsten unterm Sofa verkrochen.
„Soll ich dir den um den Hals binden, Miezi?“, fragte er doch glatt. Ich starrte ihn entsetzt an. Das ging dann doch zu weit.
„Oh, oh – oh, oh, arme Miezi!“, krächzte Otto nun lautstark. Zu meinem Glück war Laura in der Nähe und unterband Jonas’ seltsame Idee sofort.
„Vergiss es, du Bastelfreak!“, fuhr sie ihn an. „Miezi ist doch kein Weihnachtsbaum! Los, häng das Ding woanders auf!“
Jonas zog einen Schmollmund. „Aber ich habe mir doch so viel Mühe gegeben! Und Mama lässt mich nichts hoch oben aufhängen!“
Laura sah sich suchend um. „Schön, dann gib das Ding her!“
Jonas tat widerwillig, was sie verlangte, und Laura schnappte sich einen Stuhl und hängte den roten Stern an die Lampe.
„Aber du darfst nicht hochklettern!“, protestierte Jonas prompt.
„Falsch!“, konterte Laura. „DU darfst nirgends hochklettern, verstanden? Wenn du älter bist und größer und klüger, dann darfst du das auch!“
Laura strich mir zärtlich über den Kopf und nahm auch den Stern von Ottos Stange wieder ab.
„Den hängen wir besser an die Türklinke!“, erklärte sie Jonas in einem Ton, der keinen Widerspruch duldete. „Otto braucht seine Stange für sich!“

„Das Mädel wird mir immer sympathischer!“, stellte Otto fest, als wir wieder allein waren. „Das macht der gute Einfluss von Tim!“
Ich sparte mir jeden Kommentar und folgte den beiden. Mit Jonas stimmte etwas nicht, so viel war klar – seine Stimmung schwankte von einer Minute zur nächsten, fast schon wie bei Manuela. Klar, für ihn waren die letzten Tage hart gewesen, vermutlich sogar die letzten Wochen, seit ihn Konstantin ins Vertrauen gezogen hatte. Trotzdem wirkte er nun, wo die ganze Sache aufgeflogen war, verwirrter als zuvor. So, als ob er immer noch ein schlechtes Gewissen hatte, der arme Kerl.
„Vielleicht fühlt er sich für seinen Freund verantwortlich. Und vielleicht hat er deshalb gesagt, dass alles seine Schuld ist!“, mutmaßte ich. Otto hatte ausnahmsweise keine Meinung dazu.
Dann wurde es richtig hektisch: Alle wirbelten durcheinander, Türen wurden geknallt, niemand wollte, dass ein anderer sein Zimmer betrat, und zwischendurch schleppte Andreas dann auch noch einen riesigen Baum an.
„Und darüber ärgert sich Manuela nicht?“, fragte ich Otto irritiert. „Bei meiner klitzekleinen Maus hat sie sich aufgeregt, aber wenn Andreas einen ganzen Tannenbaum anbringt, ist es in Ordnung!“
Otto kicherte, dass er fast von der Stange fiel.
„Es ist doch der Weihnachtsbaum!“, sagte er. „An Weihnachten wird ein Tannenbaum aufgestellt und geschmückt und darunter werden dann die Geschenke

gelegt! Du hast wohl wirklich noch nie was von Weihnachten gehört!"
„Nein, wo denn auch? Ich habe das doch alles noch nie erlebt! Was für Geschenke gibt es denn?"
Da hatte ich eine Frage gestellt! Ich bereute sie sofort, denn Otto begann nun, mir haarklein aufzuzählen, wann er jemals was von wem geschenkt bekommen hatte. Angefangen von seinem allerersten Weihnachtsfest, damals noch im Hause seines ersten Besitzers, bis zum letzten, das er allein mit Angelika Sperber verbracht hatte, da der Professor in Israel gewesen war.
„Und mit wem feiert Angelika Sperber dieses Mal?", wollte ich neugierig wissen.
„Ich glaube, der Professor geht nach der Bescherung zu ihr!", erklärte mir Otto.
Dann drang Stimmengewirr von unten zu uns hinauf. Meine Neugier war geweckt. Ich konnte mich ja wieder frei bewegen, frohlockte ich, und sauste nach unten.
„Ich will aber meine Christbaumspitze draufstecken!", zeterte Jonas.
„Auf keinen Fall!", protestierte Manuela und hielt ein Ding in die Luft, das mich entfernt an eine umgedrehte Klobürste erinnerte, mit seltsamen Glitzerfäden und einem Puschel dran.
„Wir haben schon eine Christbaumspitze, ein altes Familienerbstück!", erklärte nun Andreas seinem Sohn. „Und egal, was Frau Köhler gesagt hat, an der kommen wir nicht vorbei. Du wirst deine also aufheben müssen, bis du alt genug für einen eigenen Weihnachtsbaum bist."

Andreas warf Manuela einen warnenden Blick zu, die das Teil daraufhin äußerst sorgfältig in einer Schachtel mit Watte platzierte.
„Hier ist sie sicher!“, versprach sie Jonas und reichte Andreas einen länglichen, nach oben spitz zulaufenden Gegenstand aus golden angemaltem Glas. Ganz oben thronte ein kleiner Engel.
„Die Spitze ist noch von meiner Großmutter!“, erklärte sie Jonas feierlich und erlaubte ihm als Wiedergutmachung, Glaskugeln, Holzfiguren und Sterne an den Baum zu hängen. Dann befestigte Andreas noch eine Lichterkette, und wenig später standen alle ehrfürchtig um ihren Weihnachtsbaum.
„Er ist wunderschön!“, flüsterte Manuela gerührt und hakte sich bei Andreas unter. „Ich setz dann mal die Kaffeemaschine an!“, ließ sich der Professor vernehmen, dem die anheimelnde Stimmung wohl zu viel wurde. „Wir müssen schließlich nachher noch pünktlich zum Krippenspiel, nicht wahr, Sportsfreund!“
Bei der Erwähnung des Krippenspiels blühte Jonas wieder auf und stürmte davon. „Ich zieh mein Kostüm schon an!“, verkündete er.
„Sollten wir Frau Rode nicht bitten, uns zum Krippenspiel zu begleiten?“, fragte Andreas. Der Professor stand noch in der Tür und schwieg ebenso wie Manuela.
„Schön, sie hat Jonas’ Kostüm genäht, soll sie halt mitkommen!“, brummte er. „Ich geh rüber und sage ihr, dass wir sie nachher mitnehmen. Aber vorher muss ich noch mal telefonieren!“

Er verschwand, ohne den Kaffee aufgesetzt zu haben, das erledigte kopfschüttelnd Manuela. Pünktlich um drei nahmen alle an der Kaffeetafel Platz. Alle waren in diesem Fall Manuela, Andreas, Laura, Jonas und Angelika Sperber. Der Professor fehlte, da er noch nicht zurückgekommen war.

„Ich habe ein Windlicht gebastelt!“, posaunte Jonas, bevor jemand zur Kuchengabel greifen konnte. „Wenn ihr schon meine Christbaumspitze nicht wollt, müsst ihr aber jetzt mein Windlicht anzünden!“, verlangte er und hielt Manuela einen Gegenstand unter die Nase.

„Das ist, hm, ungewöhnlich!“, stellte sie fest und nahm den Gegenstand, der etwa handtellergroß war, und stellte ihn vor sich hin. Unter dem durchscheinenden Stoff, mit dem das Windlicht ummantelt war, kam eine mit Tannenzweigen und Zapfen verzierte Kerze zum Vorschein. Eine recht dünne, windschiefe Kerze.

„Wir sollten eigentlich ein Teelicht nehmen, aber wir haben ja keine!“, stellte Jonas klar. „Und eine große, dicke Kerze hatten wir auch nicht, also habe ich die nehmen müssen! Frau Köhler hat gesagt, das geht auch!“

Manuela rang sich ein Lächeln ab. „Frau Köhler, so, so. Und die Bemalung soll ...“ Sie sah Jonas fragend an. Der verdrehte die Augen.

„Das sind kleine Engel, Mama!“, erklärte er in einem Ton, der keinen Widerspruch duldete.

„Sieht aus wie Strichmännchen!“, kicherte Laura. Jonas wurde vor Wut pudelrot.

„Nein! Das sind Engel!“

„Schon gut!“, mischte sich Andreas schlichtend ein. „Wir zünden es an und stellen es“, er sah sich suchend um, „dort drüben hin!“ Er zeigte auf den kleinen Holztisch neben dem Fenster in der Ecke.
„Dort stört es am wenigsten“, kicherte Laura leise, schwieg aber sofort wieder. Dann kam auch endlich der Professor zurück. Alle Blicke richteten sich auf ihn, da er über eine Stunde bei Frau Rode verbracht hatte und trotzdem nicht aussah, als hätte er sehr gelitten.
„Ich habe ihr gesagt, dass sie gern zum Krippenspiel mitkommen kann!“, erklärte er schlicht. „Und vorher habe ich mit dem Pfarrer gesprochen. Der hat mir versichert, dass es – wie jedes Jahr – anschließend eine Weihnachtsfeier für die Menschen in der Gemeinde gibt, die keine Angehörigen mehr haben oder aus anderen Gründen am Heiligabend allein sind. Er hat mir versprochen, unsere Erika zu überreden, sich dieser Feier anzuschließen.
„Ich habe mir erlaubt, Angelika zu bitten, den Heiligen Abend mit uns zu verbringen, Onkel Ernst. Ich hoffe, das ist dir recht“, verkündete nun Manuela. „Es macht ja schließlich keinen Sinn, wenn sie darauf wartet, dass du nach der Bescherung zu ihr hinüberschleichst, oder? Das hattest du doch geplant!“
Nun schaute der Professor einigermaßen überrascht aus der Wäsche und Manuela begann zu lachen.
„Erika Rode hat mir erzählt, dass sie dich im vorletzten Jahr heimlich durch den Garten hat schleichen und im Haus von Angelika hat verschwinden sehen!“

Dem Professor fiel fast die Kuchengabel aus der Hand. „Schleichen?“, rang er sich mühevoll ab. „Ich und schleichen? Was fällt dieser Person …“
„Es ist schon nach vier, wir müssen los, sonst verpassen wir das Krippenspiel!“, rettete Angelika Sperber die Situation. Manuela sprang nach einem entsetzten Blick zur Uhr hektisch auf.
„Jonas, du ziehst dir eine Jacke über! Andreas, hol schon mal den Wagen und du, Laura, räumst ab.“
In Windeseile rannten nun alle durcheinander und stürzten kurz darauf aus dem Haus.
„So ein Hektik, dabei ist Weihnachten ein besinnliches Fest!“, murrte Otto, während mich irgendetwas irritierte.
„Riechst du das auch?“, fragte ich Otto und schnupperte aufgeregt. Meine inneren Alarmglocken schrillten, ich sauste die Treppe hinab und sah mich in der Küche um. Nein, von hier kam der Geruch nicht. Ich lief zum Wohnzimmer. Zum Glück hatten sie in der Eile vergessen, die Tür zu schließen, dann sah ich es: Jonas' Windlicht flackerte bedrohlich! Die schmale Kerze war fast vollständig heruntergebrannt; die ersten Tannenzapfen glühten bereits an den Spitzen.
„Hilfe, Otto, Feuer!“, mauzte ich. „Ehe sie zurückkommen, ist das Haus abgebrannt!“
Draußen hörte ich die Autotür zuknallen.
„Nein, ihr müsst zurückkommen!“, rief ich aufgeregt. „Otto, tu doch was!“
Otto ließ eine Alarmsirene losheulen, doch ich sah durch das Wohnzimmerfenster den Professor bloß ent-

nervt den Kopf schütteln. Oh je, sie nahmen Otto nicht ernst, was nun? Aufgeregt sauste ich zur Haustür. Sie war natürlich verschlossen. Ich rannte zurück und nahm Anlauf. Ich würde mir fürchterlich wehtun, schoss es mir durch den Kopf. Aber wenn ich es nicht tat, würde das ganze Haus abbrennen. Ich sauste los und landete mit meinen Vorderpfoten auf der Türklinke. Benommen fiel ich zu Boden. Dann knarrte die Tür ganz leicht und ich spürte den eiskalten Luftzug. Geschafft! Immer noch benommen, torkelte ich vor die Tür.
„Wartet mal!", hörte ich Laura rufen. Sie wollte gerade die Autotür zuziehen und sah mich nun direkt an. Andreas stellte den Motor wieder ab, und Laura sprang aus dem Wagen.
„Miezi, was ist denn?" Sie kam auf mich zu und ich stolperte, so schnell ich konnte, ins Haus zurück, Richtung Wohnzimmer. Zum Glück war sie besorgt genug, mir zu folgen.
„Feuer, Feuer!", kreischte Otto aus der oberen Etage. Dann sah Laura die Bescherung.
„Mama, Hilfe, das blöde Windlicht brennt, schnell!"
Mit einem Mal waren alle wieder im Haus. Manuela griff sich entsetzt an den Bauch, Andreas schnappte sich den Feuerlöscher und der Professor zerrte Jonas zum Auto.
„Los, Junge, die Lage ist unter Kontrolle, du musst zu deinem Auftritt!"
Minuten später war alles wieder gut. Na ja, fast alles, denn nun war die Ecke des Wohnzimmers in einem weißen Schaumteppich gehüllt.

„Was für eine Schweinerei!“, fluchte Andreas.
Manuela kicherte, vermutlich versagten gerade ihre Nerven, dann trieb sie ihren Mann und Laura zur Eile an. „Los, das Krippenspiel, Frau Köhler wartet nicht!“
„Der werde ich was ...“, brummte Andreas. „Wie du die Tür aufgekriegt hast, musst du mir später mal zeigen, Miezi!“

Es war schon nach halb sieben, als sie endlich wieder heimkehrten. Ich schnurrte liebevoll um Lauras Beine.
„Wenn Miezi nicht gewesen wäre, Mama, das Haus hätte abbrennen können!“, sagte sie.
Manuela nickte und ich sah Tränen in ihren Augen.
„Ich muss besser aufpassen, vorsichtiger sein, so was darf sich nicht wiederholen!“, machte sie sich schreckliche Vorwürfe und schniefte verdächtig. Laura nahm ihre Mutter in den Arm.
„Jonas war toll!“, versuchte sie Manuela auf andere Gedanken zu bringen. „Und Frau Rode ist nun auch gut untergebracht. Der arme Pfarrer!“, kicherte sie. „Sie hat ihn gleich untergehakt und in Beschlag genommen!“
Nun musste auch Manuela lachen. „Ja, der weiß noch nicht, was auf ihn zukommt!“
„Also, dass Tim und seine Freunde wirklich so gut spielen können, hätte ich nicht gedacht!“, sagte Andreas anerkennend. „Überhaupt hätte mir ja mal jemand sagen können, dass sie beim Krippenspiel Musik machen.“ Manuela und der Professor lächelten, während Laura ihren Vater anfuhr: „Aber das habe ich doch! Du hörst mir nie zu!“

„Ich habe dir doch gesagt, der Junge ist ein Goldstück!“, erklärte der Professor. „Du wolltest mir ja nicht glauben!“
„Und seine Eltern sind wirklich nett, Studienrat der Vater, wer hätte das gedacht! Und von diesem Jo die Mutter leitet ein Kinderheim!“ Andreas war sichtlich beeindruckt.
„Was hast du denn gedacht?“, mokierte sich nun Manuela. „Dass sie aus zwielichtigen Verhältnissen kommen? Mensch, Andreas, das sind ganz normale Jungs. Studenten eben, die Musik machen! Die meisten Menschen haben ein Hobby!“
Andreas schaute auf die Uhr. „Bescherung!“, rief er. „Los, kommt, oder will keiner wissen, was das Christkind gebracht hat?“
Alle stürmten ins Wohnzimmer, selbst Otto flatterte nach unten. Die Lichterkette am Weihnachtsbaum strahlte in den herrlichsten Farben, und unter dem Baum lagen unzählige verpackte Geschenke mit Namensschildern.
„Hier, pack aus!“ Laura drückte Jonas ein Päckchen in die Hand und stürzte sich auf ihre Geschenke. „Ein iPhone! Ihr seid toll!“, jubelte sie und fiel ihren Eltern um den Hals. „Das kann Tim mir nachher gleich einrichten!“
Dann war Jonas dran, auch wenn er nur zögerlich nach seinen Geschenken griff. „Eine Playstation!“, flüsterte er.
„Ich weiß, dass du deine nicht an Lukas verborgt hast!“ Andreas nahm ihn väterlich in den Arm. „Ich

hab ihn gestern gefragt. Er hat nämlich selber eine! Und da haben Mama und ich kurzfristig entschieden, dass das Christkind dir eben dieses Jahr noch mal eine bringen soll!"
Plötzlich kullerten bei Jonas die Tränen, was alle sofort zum Verstummen brachte.
„Hey, Schatz, was ist denn los?" Manuela nahm ihren Jüngsten zärtlich in den Arm. „Du musst keine Angst mehr um Konstantin haben! Alles wird wieder gut, jetzt kümmern sich Frau Köhler und Papa darum!"
Jonas schniefte und schüttelte den Kopf. „Ich habe aber gar keine Geschenke verdient!", weinte er. Und plötzlich wusste ich es, noch bevor Jonas es ausgesprochen hatte: Er hatte den Geldschein aus der Küche genommen und selbst in seinem Zimmer versteckt! Das Geständnis fiel ihm sichtlich schwer. Manuela und Andreas tauschten einen Blick aus. Offenbar rangen sie mit sich. Manuela atmete tief durch, dann drückte sie Jonas ganz fest an sich.
„Du hast es getan, weil du Konstantin helfen wolltest!", stellte sie leise und sehr sachlich fest. „Dass so was nicht in Ordnung ist, weißt du!"
Jonas nickte heftig. „Ja, und du hast gedacht, Miezi war's, und dann hast du sie auch deshalb vor die Tür gesetzt. Dabei war doch alles meine Schuld! Konstantin ist doch mein Freund und ich hab ihn mitgebracht! Und ich habe mich einfach nicht getraut, was zu sagen!"
Nun war auch der Professor sichtlich gerührt. „Komm mal her, kleiner Mann!", verlangte er und zog Jonas

zu sich hinüber. „Stehlen, egal aus welchem Grund und egal was, ist nie in Ordnung! Und es ist immer besser, seinen Eltern zu vertrauen! Das hast du jetzt begriffen, und nun ist es gut! Es ist Weihnachten und dir ist vergeben! Und jetzt pack deine Geschenke aus!"
Jonas schluckte und stürzte sich auf seine restlichen Pakete, während Andreas Manuela ihr Geschenk in die Hand drückte.
„Zwei Flaschen Sprühsahne?", stellte sie verwundert und mit Blick auf Andreas fest, während mir die Augen aufgingen – klar, das waren doch die dosenartigen Flaschen, die Andreas im Schlafzimmer versteckt hatte!
„Weihnachtsgeschenke sind vor der Bescherung geheim, sonst wären es doch keine Überraschungen mehr!", erklärte mir Otto prompt.
„Das Schokoladeneis dazu steht im Gefrierfach", sagte Andreas mit einem verschmitzten Lächeln. „Für zwei Wochen müsste es reichen!"
„Und ein Buch? Aber wir wollten uns doch nichts schenken!", protestierte sie. Dann las sie den Titel: „Bastelprofi in zehn Lektionen?" Andreas lachte. „Na ja, falls das Kleine auch eine Frau Köhler als Klassenlehrerin bekommt!"
Manuela warf ihm das Geschenkpapier an den Kopf. „Ha, dann fang mal an zu lesen, mein Lieber!"
Sie präsentierte Andreas nun ihr Geschenk. „Loslassen will gelernt sein – Was tun, wenn die Kinder flügge werden?" Andreas grinste. „Okay, das habe ich wohl

verdient. Aber Laura, du kannst nicht meckern, ich habe schon seit einer Stunde nichts mehr an Tim auszusetzen!“

Die Weihnachtsstimmung kam nach und nach zurück. Es wurde wieder gelacht und weiter ausgepackt und zum Schluss hatte Manuela sogar etwas für mich.

„Das da, Miezi, ist für dich! Andreas stellt es nachher auf und Jonas kümmert sich darum! Ich habe den Kram schon vor Wochen gekauft, und nun, da du wohl bei uns bleibst, sollst du es auch haben! Ich werde dich jedenfalls nie wieder vor die Tür setzen, versprochen! Du bist schließlich der kuscheligste Feuermelder, den es gibt!“

Mir schnürte es fast die Kehle zu, als ich sah, dass unter dem vielen Geschenkpapier ein richtiges Katzenklo und ein Kratzbaum zum Vorschein kamen.

Manuela zog mich zärtlich an sich. „Es ist mir egal, wo du herkommst, und wenn deine früheren Besitzer dich nicht suchen, sind sie selbst schuld. Du gehörst jetzt zu uns, basta!“

Das war der schönste Moment meines Lebens! Leider war er sehr kurz, denn als Manuela aufstehen wollte, passierte es.

„Au, oh!“, stöhnte sie. „Andreas, ich glaube, es geht los!“

Damit war es vorbei mit der fröhlichen und ausgelassenen Stimmung. Andreas schnappte sich Manuela, die sich kalkweiß Richtung Auto bewegte, Laura starrte beiden hinterher, während Angelika Sperber und der Professor versuchten, Jonas abzulenken. Ich kuschelte mich an Laura, die ganz offensichtlich Angst um ihre Mama hatte. Zum Glück ließ Tim nicht mehr lange auf sich warten und brachte Laura sofort mit seinem Geschenk auf andere Gedanken.

„Das hier ist ein Gutschein für beliebig viele Chauffeurdienste!", sagte er und drückte ihr einen Umschlag in die Hand. Laura schluckte. „Aber mein eigentliches Geschenk kriegst du erst in ein paar Tagen. Deine Geburtstagsparty ist schon organisiert! Baby hin oder her – du wirst ganz groß gefeiert. Und zwar in der alten Scheune von Erika Rode. Sie hat nicht mal darauf bestanden, mitzufeiern! Angelika und Onkel Ernst spendieren das Büfett und die Getränke. Tja, und für Musik ist auch gesorgt …" Weiter kam er nicht, denn Laura fiel ihm vor Freude um den Hals. Als sie sich endlich von ihm gelöst hatte, drückte Tim dem Professor noch etwas in die Hand.

„Hier, dein Siegel. Lauras Handy und meinen iPod hat dieser Blödmann zu Geld gemacht, aber damit konnte er nichts anfangen – wir haben ihn gebeten, es wieder rauszurücken!"

Der Professor schluckte schwer, als er das Papier zur Seite schob. Bedächtig strich er über den rötlich schimmernden Skarabäus mit den merkwürdigen Zeichen darauf. „Ihn gebeten, hm?"

Tim grinste. „Er hat es freiwillig rausgerückt, als wir zu dritt bei ihm aufgetaucht sind. Keine Angst, wir haben ihn nicht angerührt. Aber ich glaube, der hat schon genug Feuer gekriegt, wohl auch von seinen Eltern. Der lässt die Kleinen jetzt in Ruhe. Wenn nicht, müs-

sen wir wohl noch mal mit ihm reden. Dann vielleicht nicht mehr ganz so freundlich!“
Tim klopfte Jonas freundschaftlich auf die Schulter. „Wenn so was jemals wieder passiert, komm einfach zu mir. Ich kümmere mich darum!“, versprach er.
Zur Christmette gingen sie dann alle zusammen, und es dauerte noch bis kurz vor Mitternacht, als endlich die erlösende Nachricht eintraf.
„Es ist ein Junge. Elias heißt er, und er ist noch ein waschechtes Christkind geworden!“, verkündete der Professor voller Stolz. „Fast viertausend Gramm schwer und kerngesund! Und Manuela geht es auch bestens!“
Mit einem Schlag wich die Anspannung unbändiger Freunde, und als endlich alle schliefen, traute ich mich dann auch, mein Weihnachtsgeschenk auszuprobieren. Vorsichtig erklomm ich meinen Kratzbaum und machte es mir ganz oben gemütlich. Ich war glücklich, zufrieden und endlich beruhigt, denn ich hatte eine Familie!